हिन्द पॉकेट बुक्स

स्वप्नलोक का सम्राट

ये विश्व का महान क्लासिक कथा-साहित्य है और इन्हें लिखा है दुनिया के प्रसिद्ध लेखकों ने। इन रचनाओं को संक्षिप्त में रूपांतरित किया गया है बच्चों और किशोरों के लिए। इन रचनाओं को पढ़कर आपका भरपूर मनोरंजन होगा, साथ ही आप इतने बड़े लेखकों की विश्व चर्चित कृतियों की अच्छे से जानकारी रख पाएंगे।

ये कृतियां आसान भाषा में बहुत सुन्दर ढंग से लिखी गई हैं, जो आपके भीतर तक उतरती चली जाएंगी। इनमें दिए गए आकर्षक चित्र कहानियों को समझने में आपका साथ देंगे।

फ्रांस के महान उपन्यासकार मिगुएल द सारवंतीज़ के उपन्यास Don Quixote का ही रूप है 'स्वप्नलोक का सम्राट'। उसने अपना नाम खुद रख लिया डॉन क्विकज़ोट। आख़िर उसे महान योद्धा और पराक्रमी सम्राट कहलाना था। वह किताबों का दीवाना था और हमेशा ख़्यालों की दुनिया में रहता था। उसने एक वीर योद्धा की कहानी पढ़ी, तो खुद को भी वैसा ही समझने लगा और फिर दुनिया को जीतने और अपने को सम्राट साबित करने निकल पड़ा। बहुत रोमांचक, दिलचस्प और मज़ेदार क़िस्सा पढ़िए और खो जाइए स्वप्नलोक में।

सुरुचिपूर्ण एवं प्रेरणादायक विश्व क्लासिक उपन्यास

स्वप्नलोक का सम्राट

विश्व के महान उपन्यासकार

मिगुएल द सारवंतीज़

के अमर उपन्यास Don Quixote

का हिन्दी रूपान्तरण

हिन्द पॉकेट बुक्स

पेंगुइन रैंडम हाउस इम्प्रिंट

हिन्द पॉकेट बुक्स

यूएसए | कनाडा | यूके | आयरलैंड | ऑस्ट्रेलिया | सिंगापुर
न्यू ज़ीलैंड | भारत | दक्षिण अफ़्रीका | चीन

हिन्द पॉकेट बुक्स, पेंगुइन रैंडम हाउस ग्रुप ऑफ़ कम्पनीज़ का हिस्सा है,
जिसका पता global.penguinrandomhouse.com पर मिलेगा

पेंगुइन रैंडम हाउस इंडिया प्रा. लि.,
चौथी मंज़िल, कैपिटल टावर -1, एम जी रोड,
गुड़गांव-122002, हरियाणा, भारत

पेंगुइन
रैंडम हाउस
इंडिया

प्रथम संस्करण हिन्द पॉकेट बुक्स द्वारा 2011 में प्रकाशित
यह संस्करण हिन्द पॉकेट बुक्स में पेंगुइन रैंडम हाउस द्वारा 2023 में प्रकाशित

10 9 8 7 6 5 4 3 2

इस पुस्तक में व्यक्त विचार लेखक के अपने हैं, जिनका यथासंभव तथ्यात्मक
सत्यापन किया गया है, और इस संबंध में प्रकाशक एवं सहयोगी
प्रकाशक किसी भी रूप में उत्तरदायी नहीं हैं।

ISBN 9789353492014

मुद्रकः रेप्रो इंडिया लिमिटेड

www.penguin.co.in

FSC www.fsc.org MIX Paper from responsible sources FSC® C047271

This is a legitimate digitally printed version of the book and therefore might not
have certain extra finishing on the cover.

एक

"वाह ! क्या नाम है, डान क्विकज़ोट ! अंततः मिल ही गया। लगता है, यह किसी नामी और ऊंची हैसियत वाले सम्राट का नाम है।" वह पिछले आठ दिनों से अपने नाम की भूल-भुलैया में खोया था। आख़िर उसे एक वीर योद्धा और बेहद पराक्रमी सम्राट जो कहलाना था। ज़रूरत से ज़्यादा उसके तेज़ दिमाग ने कई नाम सोचे, पर एक भी जम नहीं रहा था। आख़िर गहरी सोच की अतल गहराइयों से उसने अपना नाम खोज ही निकाला, डान क्विकज़ोट ! मगर ख़ुद अपना ही खिताबी नाम रखने वाला यह भला आदमी कौन था?

वह एक ऐसा इंसान था, जो हर वक़्त बस किताबों की दुनिया में ही खोया रहता। किताबों के सिवा वह कुछ सोचता ही न था। अगर बोलचाल की भाषा में कहा जाए, तो बन्दा बस किताबें ही खाता, किताबें ही पीता और उन्हें ही पहनता-ओढ़ता था। जब देखो, तब वह बस पढ़ने में मगन रहता। पढ़ने के चक्कर में सचमुच खाना-पीना, सोना-जागना, उठना-बैठना और यहां तक कि किसी से बात करना भी भूल गया था। बात भी करता, तो वही किताबों की बातें, किसी क़िस्सागो की तरह। हर वक़्त ख्याली पुलाव पकाता रहता और इसी की महक का स्वाद चखता रहता।

उसके हाथ में जो भी किताब आती, वह पढ़ने बैठ जाता। जिन किताबों में रोमांच और साहस से भरी कहानियां होतीं, उन्हें

एक सांस में चट कर जाता। युद्ध, पराक्रम की गौरव-गाथाएं उसके अन्दर नए जोश और उत्साह का संचार कर देतीं। वह इन कहानियों के सपनों में खो जाता।

पढ़ते-पढ़ते उसके पास ढेरों किताबें जमा हो गई थीं। किताबों के इस शौक़ ने उसके घर की कई क़ीमती चीज़ें और ज़मीन-जायदाद तक बिकवा दी थीं। कितनी ही बार वह खाने के पैसों से किताबें ही ख़रीद लाता और फिर उनकी दुनिया में खो जाता। जो भी कहानियां पढ़ता उनके अक्षर-अक्षर पर विश्वास करता था। उसे लगता था कि सच में भूत-प्रेत होते हैं, राक्षस और दैत्य कभी भी सामने आ सकते हैं। जादू के कारनामे कुछ भी कर सकते हैं या परियों का भी कोई देश होता है। ऐसी किताबें तो उसकी सोच को आसमान से भी आगे ले जातीं। उन बातों को वह बड़ी गहराई और विस्तार से बूझने की कोशिश करता।

वह दिन-रात पड़े-पड़े किताबें पढ़ता रहता और उसकी इकलौती भतीजी अपने पढ़ाकू अंकल के खाने-पीने का ख्याल रखती। घर का एक अदद नौकर भी अपने पढ़न्तू मालिक का शिकार था। वह जब भी मालिक के सामने से गुजरता, उसे कामकाज से रोक देता और वहीं बैठाकर किताबी कहानियां सुनाने लगता। नौकर भी इन ऊंची बातों को सुनकर हैरान हुए बिना न रहता।

मगर यह क्या! पोथी पढ़-पढ़ के पंडित होने की जगह एक दिन अचानक उसका दिमाग फिर गया। दरअसल उसने एक वीर योद्धा की कहानी पढ़ ली थी। एक ऐसा योद्धा, जिसने भारी मुश्किलों के बावजूद दुनिया पर जीत प्राप्त की थी। इस कहानी के पढ़ने के बाद से ही उस पर यह दीवानापन सवार था। वह ख़ुद को भी एक महान योद्धा समझने लगा और सोचने लगा कि उससे बढ़कर बहादुर कोई नहीं है। अब उसे दुनिया पर विजय प्राप्त करने

के साथ लोगों को अत्याचार और अन्याय से बचाना है, उनकी रक्षा और सहायता करना है।

उसे याद आया कि वह पहले ही बड़ी-बड़ी लड़ाइयां लड़ चुका है और कई लड़ाकू दुश्मनों को मौत के घाट उतार चुका है। अपनी तलवार के दम पर वह दुनिया के कई देशों पर विजय पाने के साथ अपना बड़ा भारी राज क़ायम कर चुका है। हाल ही में उसने ईरान और अरब को भी जीतकर अपने राज में मिला लिया। वह बहुत बड़े तख़्तो-ताज का मालिक है, सम्राट है, यानी दुनिया का बादशाह है।

ख़ुद के बादशाह बनते ही उसके अन्दर अचानक आम जनता के लिए प्रेम और भलाई की भावना जाग उठी। राजा को लगा कि अपनी प्रजा को ख़ुश रखने के लिए जो कुछ हो सकेगा, वह करेगा। उनके दुःख दूर करने के लिए ख़ुद दुःख सहेगा, मगर हर क़ीमत पर उन्हें सुखी रखने की कोशिश करेगा। आख़िर इस बादशाह ने अपने राज में दुनिया-भर के लोगों की उदासी और दुःखों को दूर करने का बड़ा इरादा कर लिया। बस, अब इस प्रण को पूरा करने के लिए कुछ तैयारियों की ज़रूरत थी। सो उसने दुनिया पर ज़ुल्म करने वालों से एक-एक करके लोहा लेने की तैयारियां ज़ोर-शोर से शुरू कर दीं। अत्याचारियों से खाली हाथ तो नहीं लड़ा जा सकता था, इसलिए उसे अब लड़ाई में काम आने वाले साज़ो-सामान की सख़्त ज़रूरत थी। ख़ासकर हथियारों की और उस ज़िरह-बख़्तर, यानी कवच की जिसे जंग के मैदान में वीर योद्धा पहनकर जाते हैं, लेकिन वह जहां रहता था, वह घर था, किला नहीं, फिर वहां यह सब सामान मिलता कहां? तब भी खोज शुरू हुई, तो पुरखों का एक पुराना कवच मिल गया। यहां-वहां तलाश किया, तो एक पुरानी ढाल, भाला और ज़ंग लगी तलवार

भी हाथ लग गई। सबको चमका लिया। उसके ख़्याल में भी आया, अगर इंसान चाहे और खोज निकाले, तो क्या नहीं मिल सकता?

तैयारी ज़ोरदार और बढ़िया थी, पर सारा साज़ो-सामान पहन-ओढ़कर घोड़े पर निकलना ज़रूरी था। घोड़ा अस्तबल में बंधा तो था, पर महीनों से उस पर कोई ध्यान नहीं था। दाना-पानी समय पर न मिलने की वजह से हड्डी-हड्डी रह गई थी। पिचका पेट, इकहरा बदन और सूखी टांगें। जो भी हो, उसे तो इस हालत में भी वह संसार का सबसे दमदार, सुन्दर और सरपट दौड़ने वाला घोड़ा लगता था। अचानक उसकी पूछ-पुचकार बढ़ गई। उसके नाम को लेकर डान गहरी सोच में डूबा रहने लगा। वजह साफ़ थी। उसने पढ़ा था कि हर वीर योद्धा अपने घोड़े का नाम ज़रूर रखता है।

चार दिन तक उसका नाम वह सोचता रहा। कई नाम याद आए, पर जमता एक भी न था। आख़िर सफलता मिल ही गई। बिजली की गति से उसके दिमाग़ में एक नाम आया, टोजीनान्ट । वाह! मगर बात एक जगह आकर फिर अटक गई। जब घोड़े का नाम रख दिया गया, तो भला उसका मालिक बिना नाम के कैसे रह जाता!

यह काम तो घोड़े का नाम रखने से भी ज़्यादा ज़रूरी था। वह सोच रहा था, नाम ऐसा होना चाहिए, जिसे सुनकर लोगों के सामने उसका पूरा परिचय आ सके। लोग समझ लें कि आख़िर वह वाक़ई बड़ा योद्धा है। काम सचमुच मुश्किल था और इस सोच में उसे पूरे आठ दिन लग गए। नामों की लम्बी खोजबीन के बाद उसे नाम मिला, क्विकज़ोट। स्पेन की भाषा में इसका मतलब होता है, कवच का एक हिस्सा। उसने ख़ुश होकर क्विकज़ोट के आगे डान और पीछे प्रदेश का नाम डीलमाशा रख दिया। इस तरह वह बन गया, डान क्विकज़ोट डीलमाशा।

उसने पढ़ा था कि हरेक योद्धा राजकुमार की एक राजकुमारी

भी हुआ करती है, जिसे वह अपनी बहादुरी के कारनामों से प्रभावित करता है, उसमें प्यार की जोत जगा देता है। बेशक कल्पना की यह ख़ूबसूरत राजकुमारी दुनिया में किसी से कम न थी। यह राजकुमारी उसने टोबोसो नगर से चुनी और कल्पना की इस अप्सरा का नाम दिया, डेलसीनिया डेल टोबोसो।

दो

क्विकज़ोट के दिमाग में जो बात घूम रही थी, वह क़ायदे की बात थी। उसने किताबों में पढ़ा था कि दुनिया पर जीत हासिल करने वाले योद्धा को सम्राट बनाने की बाक़ायदा कोई रस्म होती है। इसके बग़ैर वह सम्मान नहीं मिलता, जिसका अब वह हक़दार बन गया था। उसने सोचा, क्यों न पहले कहीं जाकर ख़ुद को सम्राट' घोषित करवा लिया जाए!

लेकिन ख़ुद को सम्राट बनवाने का यह काम घर से निकले बिना कैसे पूरा हो सकता था? अगले दिन तड़के ही वह ख़ुद को एक सम्राट के रूप में सजा रहा था। सिर पर टोप, बदन पर वही कवच और हाथ में भाला। बड़े जतन से जुटाई गईं ये चीज़ें जब सजी तो वह अपने को देखता ही रह गया। सही मौक़ा देखकर वह चुपचाप पिछले दरवाज़े से निकल पड़ा। देखते-देखते उसका

घोड़ा टोजीनान्ट हवा से बातें करने लगा। उसने घोड़े की लगाम को किसी ख़ास दिशा में मोड़ने की जगह ढीला छोड़ दिया। वह चाहता था कि घोड़ा ख़ुद रास्ता तय करे, ताकि वहां पहुंचकर वह किसी से सम्राट बनने की रस्म पूरी करा सके।

अब घोड़े से ज़्यादा तेज़ क्विकज़ोट का दिमाग़ दौड़ रहा था। वह बेहद ख़ुश था और जल्दी से जल्दी सम्राट बनकर दुनिया के दुःखों को दूर करने के अपने महान काम में जुट जाना चाहता था, मगर घोड़ा जिस दिशा में आगे बढ़ा, वहां दिन-भर परिन्दा भी नहीं मिला। ऊपर से सिर पर तपते सूरज ने होश उड़ा दिए। शाम तक वह थककर चूर हो गया। पेट में चूहे कूदने लगे। आराम की भी सख़्त ज़रूरत थी। क़िस्मत से सामने ही एक सराय नज़र आ गई। क्विकज़ोट ने घोड़ा उधर ही मोड़ दिया, मगर हमेशा कल्पना के समन्दर में ग़ोता लगाते रहने वाले क्विकज़ोट को लगा कि यह सराय नहीं कोई क़िला है। क़िले के चारों ओर परकोटा है, जिसके चारों तरफ़ गहरी खाई मौजूद है। इस खाई को पार करने के लिए बाक़ायदा उठने-गिरने वाला एक पुल है, जिस पर चलकर किले के अन्दर जाया जा सकता है।

यह बात समझ में आते ही क्विकज़ोट को एक झटके में लगा कि वहां खड़ी दो लड़कियां कोई और नहीं, बल्कि क़िले के सम्राट की बेटियां हैं, मगर यह क्या? क्विकज़ोट की कवच वाली अजब पोशाक को देखकर ये लड़कियां हंसने और भागने लगीं। क्विकज़ोट को कुछ समझ में नहीं आया कि आख़िर लड़कियां ऐसा व्यवहार क्यों कर रही हैं? उन्हें भागते देख क्विकज़ोट ने समझाने की कोशिश की कि वह तो अरब देश का बादशाह है। बड़ी भलाई करने वाला और नेक दिल है। औरतों की बड़ी इज़्ज़त करता है। उससे घबराने की कोई ज़रूरत नहीं।

अजनबी घुड़सवार की ये बातें सुनकर दोनों लड़कियां रुक तो गईं, मगर वे और भी ज़ोर से खिलखिलाकर हंसने लगीं। लड़कियों को इस तरह हंसते देख अब तो क्विकज़ोट को गुस्सा आ गया। वह बोला, "इतने बड़े सम्राट की बेटियां होकर तुम दोनों का इस तरह से हंसना ठीक नहीं।"

मगर अरब के इस नेक बादशाह की टीमटाम वाली पोशाक देखकर लड़कियों की हंसी रुकने का नाम ही नहीं ले रही थी। क्विकज़ोट को उनका यह बरताव अपनी शान के खिलाफ़ लगा। वह आपे से बाहर हो रहा था। उधर अन्दर बैठे-बैठे सराय का मालिक इन बातों को सुन रहा था। वह भी इस अजनबी की बातों और भेस को देख मन-ही-मन हंस रहा था। अपनी हंसी दबाकर वह बाहर आया और अदब के साथ कहने लगा, "आइए-आइए, महाराज, कहिए, मैं आपकी क्या सेवा कर सकता हूं?"

क्विकज़ोट को सराय का मालिक क़िले का सम्राट लगा। एक सम्राट का इस तरह आदर से बात करना उसके दिल को ख़ुश कर गया। उसने भी उतनी ही गर्मजोशी से क़िले के सम्राट का अभिवादन करते हुए कहा, "सम्राट, आप ज़्यादा परेशान न हों। मैं तो यहां बस एक रात गुज़ारने आया हूं।"

इस बीच वे लड़कियां भी पास आ गईं और अब बिना हंसे अजनबी घुड़सवार की मदद करने लगीं। उन्होंने उसका कवच उतारा और फिर रस्सी से बंधे टोप को उतारने की कोशिश की, मगर रस्सी काटे बिना यह काम कठिन था। लड़कियां ऐसा करने के लिए तैयार थीं, मगर एक सम्राट को दूसरे सम्राट के सामने अपना टोप उतारना शान के ख़िलाफ़ लगा। क्विकज़ोट ने अपना टोप उतारने से इनकार कर दिया।

सराय के मालिक ने क्विकज़ोट के घोड़े को अस्तबल में पहुंचा

दिया और ख़ुद इस अजनबी की सेवा में लग गया। उसने भोजन में क्विकज़ोट के लिए रोटी और मछली का इंतज़ाम किया। यह भोजन क्विकज़ोट की भूख को बढ़ाने के लिए काफ़ी था, मगर टोप की रस्सी यहां भी आड़े आ रही थी। यह देखकर लड़कियां एक बार फिर मुंह छिपा-छिपाकर हंसने लगीं। सबने फिर क्विकज़ोट से टोप खोल देने के लिए कहा, मगर उसे यह बात बड़ी बुरी लग रही थी। वह बिना टोप उतारे ही भोजन गले में उतारने लगा। बाद में सराय के मालिक ने उसे पेय भी पेश किया। इस दावत से क्विकज़ोट बड़ा ख़ुश हो गया। यह ख़ातिरदारी उसे एक सम्राट की शान में दूसरे सम्राट का सम्मान लगा।

मगर इतना सब कुछ मिलने के बाद भी क्विकज़ोट को अभी वह नहीं मिला था, जिसका इंतज़ार था। उसे तो उस उपाधि की भूख थी, जिसकी वजह से वह सम्राट कहलाने वाला था। वह सोचने लगा कि क्या यह सम्राट ही उसे सम्राट का ओहदा देने के लिए काफ़ी होगा? जब उसे अपनी बात पर विश्वास हो गया, तो वह सराय के मालिक से अपनी बात कहने का मौक़ा तलाशने लगा। थोड़ी ही देर में जब सराय वाला फिर वहां आया, तो क्विकज़ोट ने फ़ौरन कमरा बन्द कर अचानक उसके पैर पकड़ लिए और उससे प्रार्थना करने लगा, "सम्राट, आपने मुझे जो सम्मान दिया है, मैं उसके लिए आपका आभार प्रकट करता हूं, मगर एक चीज़ अभी भी बाक़ी है और जिसे आपको देना ही होगा।"

सराय का मालिक क्विकज़ोट की यह बात सुनकर पहले तो घबरा गया, मगर जब क्विकज़ोट ने उससे सम्राट बना देने की बात कही, तो वह मन-ही-मन हंस पड़ा। उसने पूछा, "मगर सम्राट की यह उपाधि पाकर तुम क्या करोगे?"

क्विकज़ोट एक ही सांस में बोल गया, "सम्राट बनकर मैं

दुनिया को जीतना चाहता हूं और अन्याय तथा अत्याचार से मुक्ति दिलाकर लोगों के दुःख दूर करना चाहता हूं।"

इतने महान कारण के आगे सराय का मालिक जवाब नहीं दे पाया। वह ज़ोर से हंसना चाहता था, मगर क्विकज़ोट की गम्भीरता के आगे चुप था। उसने फ़ौरन हामी भर दी।

मगर चूंकि रात हो चुकी थी, इसलिए सम्राट बनाने की बात अगली सुबह तक के लिए टल गई। क्विकज़ोट ने इस किले में रात-भर पहरा देने की अनूठी बात रखी। वह बोला, "आज रात मैं यहां कवच पहने बिना पहरा दूंगा। अगर रात में कोई हमलावर क़िले में आ धमका, तो उसे मौत के घाट उतार दूंगा।" सराय का मालिक क्विकज़ोट के पागलपन के आगे नतमस्तक था। वह हां कहने के अलावा और क्या कर सकता था?

रात गहरा गई और क्विकज़ोट पहरे के लिए सराय के आंगन में आ गया। अपना कवच तो वह उतार चुका था, मगर सिर पर टोप, हाथ में भाला और ढाल लेकर वह बड़ी तेज़-तेज़ चहलक़दमी करने लगा।

सराय में देर रात कुछ बैलगाड़ी वाले भी पहुंचे। इनमें से एक गाड़ी वाला अपने बैल को पानी पिलाने के लिए आंगन में मौजूद पानी की टंकी के पास आया। क्विकज़ोट के चेतावनी देने के कुछ देर बाद ही बैल वाले इस आदमी पर अपने भाले से हमला कर दिया। वार इतना जबरदस्त था कि बेचारा गाड़ीवान बेहोश हो गया।

अभी तो यह शुरुआत थी। क्विकज़ोट ख़ुश था कि उसने क़िले पर हमला करने आए एक शत्रु को ठिकाने लगाने का काम कर दिया। अब वह और भी ज़्यादा सावधान होकर पहरा देने लगा। थोड़ी देर बाद एक और शत्रु, यानी सराय में आया दूसरा बैलगाड़ी

वाला आंगन में दाखिल हुआ। क्विकज़ोट ने उसे चेतावनी दी, "कौन हो तुम? ख़बरदार! एक क़दम भी आगे मत बढ़ाना, नहीं तो तुम्हारी जान जा सकती है।"

गाड़ी वाला अपने बैल को पानी पिलाने की नीयत से आगे बढ़ने लगा। गुस्साए क्विकज़ोट ने इस पर भी भाला दे मारा। आदमी जोर से चिल्लाया। उसका शोर सुनकर सराय में ठहरे दूसरे लोग भी आंगन की तरफ़ दौड़ पड़े और गाड़ी वाले की चीख़ के असर से क्विकज़ोट पर पत्थर बरसाने लगे, मगर तभी सराय का मालिक दौड़कर आ गया। उसने इन लोगों को एक बार फिर क्विकजोट के बारे में समझाया कि यह तो वही सिरफिरा है। आख़िर लोगों के सिर पर चढ़ा गुस्सा उतरा और उन्होंने घायलों को उठाकर उनकी मरहम-पट्टी का काम शुरू किया।

जब लोगों का झुंड शान्त हुआ, तो सराय का मालिक चुपचाप क्विकज़ोट के पास पहुंचा और बोला, "महाराज, आपने जिस तरह आज हमलावरों से लोहा लिया, उसकी जितनी तारीफ़ की जाए, कम है। अब आपको और पहरा देने की कोई जरूरत नहीं। आप चाहें, तो मैं अभी और इसी वक़्त आपको सम्राट की उपाधि दे देता हूं।" क्विकज़ोट की ख़ुशी का ठिकाना न रहा।

सम्राट बना देने की बात सुनते ही डान क्विकज़ोट एक बार फिर कवच पहनकर तैयार हो गया। हर हाल में इस सिरफिरे से पीछा छुड़ाने के लिए सराय का मालिक बड़ी गम्भीरता से उसे सम्राट की उपाधि देने का अभिनय करने लगा। क्विकज़ोट ने भी उतने ही आदर से क़िले के सम्राट के सामने घुटने टेक दिए। कुछ देर तक बुदबुदाने के बाद उसने डान के सिर के ऊपर से घुमाकर एक बेहद पुरानी तलवार उसके हाथों में रख दी और किसी राज-पंडित की तरह आशीर्वाद देने लगा। इन वाक्यों का एक ही अर्थ था,

जाओ, दुनिया को जीत लो! उसका कल्याण करो! आज से तुम सम्राट हो। ईश्वर तुम्हारे साथ है।

तीन

किताबें पढ़ते-पढ़ते डान क्विकज़ोट चुपचाप खिसक लिया। गांव में उसके जाने की ख़बर आग की तरह फैल चुकी थी। घर पर आने-जाने वालों का जमघट लग रहा था, जिनकी ज़बान पर यही बात थी कि आख़िर डान इस वक़्त कहां होगा? वह लौटेगा या नहीं?

अभी-अभी गिरजाघर के फ़ादर भी यहां पहुंचे थे। उन्हें भी जब से यह ख़बर मिली थी, वह कुछ परेशान थे और सोच रहे थे कि आख़िर डान को कैसे खोजा जाए! फ़ादर के पूछने पर क्विकज़ोट की भतीजी ने बताया, "चाचा, वे हर वक़्त बस पढ़ते ही रहते थे। ख़ासकर बहादुरी की किताबें, राजा-महाराजाओं की बड़ी-बड़ी लड़ाइयों की किताबें। पढ़ते-पढ़ते वह कई बार इतने जोश में आ जाते कि हवा में तलवार चलाने लगते थे। लगता था, जैसे जंग के मैदान में लड़ने वाले कोई वीर सिपाही हों। हवा में तलवारबाज़ी के बाद वह कई बार एलान करते, देखो-देखो, मैंने दुश्मनों को मार गिराया है...उनके दांत खट्टे कर दिए हैं...देखो, वे भाग रहे हैं। मैं यह देखकर कभी हैरान होती, कभी हंसने लगती।"

इतना कहते-कहते भतीजी रो पड़ी, फिर सिसकते हुए बोली, "हाय ! मुझे मालूम था कि ये बेरहम किताबें उनका इतना दिमाग़ ख़राब कर देंगी कि उन पर सचमुच कोई अजीबोग़रीब धुन सवार हो जाएगी और यह सनक उन्हें कहीं का न छोड़ेगी। मैं हर हाल में इन किताबों को जला दूंगी।"

नौकरानी बताने लगी, "साहब मुझे भी भूत-प्रेत और लड़ाइयों के अजीब क़िस्से सुनाते थे। कहते थे, जो कुछ किताबों में लिखा है, सब सही है। किताबों के अलावा वह कुछ सोचने को ही तैयार नहीं थे। बस, उन्हीं में खोए रहते थे। लगता है, जैसे किसी कहानी को सच मानकर उसकी दुनिया में ही डूब गए हैं। जाने से पहले मैंने देखा था, वह पुरानी तलवार, ढाल, कवच और भाले की साफ़-सफ़ाई कर रहे थे। बार-बार अस्तबल में जाकर हमसे घोड़े की मालिश करने, उसे दाना-पानी देने को कह रहे थे। कहीं ऐसा तो नहीं कि लड़ाई की किसी किताब को पढ़ते-पढ़ते उन्होंने सोचा हो कि अब इसमें मेरी भी ज़रूरत आ पड़ी है और वह चुपचाप यहां से निकल गए हों !"

बातों-बातों में नाई, धोबी और परचून वाला न जाने कितने लोग और आ जुटे थे। उधर भतीजी एक बार फिर इन्हीं किताबों के पीछे पड़ी थी। फ़ादर किताबों का महत्त्व जानते थे, मगर यहां मामला कुछ और था। आख़िर फ़ादर ने कहा, "हां, तुम ठीक कहती हो। किताबी कल्पना की धुन्ध अब सच की ज़मीन को निगल रही है। हमें किताबों को जला ही देना होगा। यह काम हम कल कर डालेंगे।"

अगले दिन सुबह फ़ादर के आने पर डान क्विकज़ोट के उस कमरे को खोल दिया गया, जिसमें कल्पना की दुनिया में ले जाने वाली सैकड़ों किताबें जमा थीं। इसमें मोटी किताबों की तादाद तो हज़ार से ज़्यादा थी, मगर छोटी किताबें इनसे भी बहुत ज़्यादा

थीं। कुछ किताबें इस तरह से खुली हुई थीं, जैसे इन्हें अभी-अभी पढ़कर रखा गया हो। रहस्य-रोमांच और साहसी कारनामों की ये किताबें डान की दिमागी हालत का किस्सा ख़ुद सुना रही थीं। ये किताबें क्विकज़ोट के हाथ दोबारा न लगें, इसलिए सबने इनको नष्ट करने का फ़ैसला कर ही लिया।

एक-एक करके सारी किताबें निकाली जाने लगीं। नाई किताबें निकालकर पहले फ़ादर को देता और फ़ादर उसे देखकर भतीजी और भतीजी नौकरानी के सुपुर्द करती, जो उन्हें एक जगह इकट्ठा करने के लिए नीचे फेंकती जा रही थी। थोड़ी ही देर में नीचे के आंगन में किताबों का ढेर लग गया। काम ख़त्म हो जाने के बाद सबने मिलकर इन किताबों की होली जला दी।

इसके बाद फ़ादर ने एक काम और किया। उन्होंने बाहर से किताबों के उस कमरे को ही चिनवा दिया, ताकि डान क्विकजोट इस कमरे को खोजने की कोशिश भी करे, तो वह दिखाई न पड़े। सबने मिलकर इस बात को भी तय कर लिया कि अगर डान इस कमरे के बारे में पूछे, तो वे क्या जवाब देंगे!

चार

सम्राट का ख़िताब मिल जाने के बाद डान क्विकज़ोट अब जल्दी ही सराय छोड़ देने की तैयारी करने लगा। लीजिए विदाई का वह

वक्त भी आ गया, जब क्विकज़ोट ने सम्राट और उसकी बेटियों को बिल्कुल सम्राट के रोब-दाब वाले अन्दाज़ में आशीर्वाद देकर विदा किया। जाते वक़्त क़िले के सम्राट, यानी सराय के मालिक ने क्विकज़ोट को कुछ नेक सलाहें दीं। उसने कहा, "सम्राट के पास अपना अंगरक्षक व सेवक होना चाहिए और लड़ाई के मैदान में शरीर जख्मी हो जाने पर घावों पर लगाने के लिए मरहम।"

नए सम्राट को अनुभवी दुर्ग शासक की यह सलाहें पसन्द आईं। वह धन्यवाद देकर तेज़ चाल से निकल पड़ा। उसने घोड़े की लगाम अपने गांव की ओर मोड़ दी। सम्राट हो जाने की वजह से अब उसे अपने अन्दर एक अलग ही रोब और दबदबे का अहसास हो रहा था। उधर सराय के मालिक ने डान क्विकज़ोट के निकलते ही राहत की सांस ली। वह जानता था कि अगर ऐसे डान रोजाना आते रहे, तो उसके सराय का भट्टा बैठते देर नहीं लगेगी। उधर गांव की तरफ़ बढ़ते हुए सम्राट बन चुके डान क्विकज़ोट के दिलो-दिमाग़ में कई तरह के विचार आ रहे थे। वह सोच रहा था कि आख़िर उसके इरादे की एक बड़ी बाधा अब दूर हो चुकी है। सम्राट बन जानें के साथ ही वह सारे संसार और अपने जीते हुए देशों के लोगों की भलाई के काम में ख़ुद को झोंक देगा। उन्हें अन्याय और अत्याचार से हर हाल में बचाएगा। गुलामी की ज़ंजीरों से आज़ाद कराएगा। इन्हीं विचारों में खोया अभी वह कुछ दूर ही पहुंचा था कि रास्ते में उसे एक लड़का पेड़ से बंधा दिखाई दिया। इस लड़के को एक आदमी बेंत से पीट रहा था। इस लड़के की कराहें सुनकर क्विकज़ोट वहां रुककर सोचने लगा कि आखिर यह योद्धा क्योंकर इस युवक पर अत्याचार कर रहा है? उसने फ़ौरन बेंत मारने वाले व्यक्ति से कहा, "मुझे अपनी जनता पर अत्याचार बर्दाश्त नहीं। तुम कौन हो इस पर अत्याचार करने वाले?"

लड़के को पीटने वाला आदमी घुड़सवार की कड़कती आवाज़ से घबरा गया। उसने एक ही सांस में अपने इस लड़के की तमाम शिकायतें बयान कर डालीं। उसकी बातों का सार यही था कि यह लड़का उसका नौकर हैं और जंगल में उसकी बकरियां चराने ले जाता है। इन बकरियों का यह अच्छी तरह से ध्यान नहीं रख पाता, जिससे बकरियां कम होती जा रही हैं। इस मामले में वह उसकी पगार से पैसे भी काट चुका है, फिर भी इसके न सुधरने की वजह से उसे सज़ा दे रहा है। अब लड़के से जवाब मांगने पर उसने बताया कि उसका मालिक झूठ बोल रहा है और वह पिछले सात महीनों से उसके पैसे काट रहा है।

डान क्विकज़ोट को लड़के पर हो रही इस ज़ोर ज़बरदस्ती पर बड़ा गुस्सा आया। उसने उस आदमी को आदेश दिया, "तुम्हारी भलाई इसी में है कि इस लड़के के सारे पैसे लौटा दो, वरना मुझसे बुरा कोई न होगा।"

डर के मारे कांपते हुए उस आदमी ने वचन दिया, "सम्राट, आपकी बात सिर-माथे पर। अभी तो मेरे पास पैसे नहीं हैं, मगर मैं घर से लाकर इसके सारे पैसे लौटा दूंगा ।" यह कहते हुए उसने फ़ौरन पेड़ से बंधे लड़के को खोल दिया। डान क्विकज़ोट का गुस्सा अब कुछ शान्त हुआ। उसे लगा कि एक सम्राट के रूप में उसकी बात सुनी गई और उसने एक भलाई का काम किया। आदमी के सलाम करते ही वह आगे बढ़ गया।

डान क्विकज़ोट अब और भी जोश के साथ टोजीनान्ट की घुड़सवारी करने लगा। सम्राट बनने के बाद मिली अपनी पहली कामयाबी से वह बड़ा ख़ुश था, मगर उसे क्या पता था कि थोड़ी देर में उसकी यह कामयाबी धूल चाटने वाली है।

गांव के क़रीब उसे दूर से कुछ लोग आते दिखाई दिए। वह

समझा, हो-न हो ये लोग किसी दूसरे क़बीले के सम्राट और फ़ौजी हैं, जो उससे लड़ाई करने आ रहे हैं। अपने युद्ध-कौशल से वह इस जंग के मैदान में उनके छक्के छुड़ाने की सोचने लगा। असल में सामने से आ रहे लोग न तो कोई योद्धा थे, न सैनिक। वह व्यापारियों की एक छोटी-सी टोली थी, जिसमें चार नौकर और बैलगाड़ी वाले भी शामिल थे। व्यापारी शहर में कपड़ा ख़रीदने जा रहे थे।

मगर इधर क्विकज़ोट अपना साज़ो-सामान संभाल चुका था। उसका भाला दुश्मन का मुंहतोड़ जवाब देने के लिए तैयार था। इन लोगों के पास आते ही क्विकज़ोट ने उनका रास्ता रोक लिया। इससे पहले कि वे कुछ कहते क्विकज़ोट ने उनसे पूछा, "कहो, तुम लोग यह बात मानते हो या नहीं कि दुनिया में राजकुमारी डेलसीनिया डेल टोबोसो से सुन्दर कोई और नहीं है?"

सभी व्यापारी और उनके साथी इस सनकी घुड़सवार के अजीब व्यवहार से चौंक गए। वे सोचने लगे, हो-नन हो यह आदमी कोई पागल है। उनमें से एक ने क्विकज़ोट के सवाल पर कुछ हंसी के साथ पूछा, "तुम्हारी बात पर हम सब तब भरोसा करेंगे, जब तुम हमें उस राजकुमारी से मिला दोगे। बिना देखे भला हम उसे सुन्दर कैसे कह सकते हैं?"

डान को उस व्यापारी की यह बात बहुत बुरी लगी। उसने ललकार लगाई, "तुम्हारी यह हिम्मत कि तुम डेलसीनिया को देखे बिना सुन्दर मानने से इनकार करो! अगर तुम लोगों को मेरी बात पर भरोसा नहीं, तो तुम सब मेरे साथ युद्ध के लिए कमर कस लो। मैं तुम लोगों से अकेले ही निबटने के लिए तैयार हूं।"

जैसे ही क्विकज़ोट उन लोगों पर हमला करने के लिए आगे बढ़ा, अचानक उसका बेहद कमजोर घोड़ा गिर कर चारों ख़ाने चित हो गया। घोड़े के साथ बेचारा डान क्विकज़ोट भी भाले और ढाल

सहित ज़मीन पर ढेर हो गया, मगर गिरकर भी वह किसी बड़े योद्धा की तरह व्यापारियों पर चिल्लाता रहा, "अरे, डरपोको, भागो मत! मुझे उठने तो दो। मैं अभी तुम्हें मज़ा चखाता हूं।"

पागल घुड़सवार की यह हालत देख व्यापारियों को हंसी भी आई और तरस भी आया। वे उसकी बेवक़ूफ़ी पर हंसते हुए आगे बढ़ गए, मगर उनके एक नौकर ने जाते-जाते अपना गुस्सा क्विकज़ोट पर उतार ही दिया। उसने उसका भाला तोड़ डाला और उसी से उसकी धुनाई भी कर दी, फिर वापस चला गया। मार से घायल क्विकज़ोट ऐसी हालत में भी इन शत्रुओं को एक साहसी की तरह ललकारता रहा । सख़्त पिटाई से डान का उठना मुश्किल हो रहा था। ऊपर से उस पर लदा टोप और कवच का भार उसके लिए भारी बन गया था, आखिर उसका घोड़ा जैसे-तैसे खड़ा हो गया।

इसी बीच गांव का एक आदमी क्विकज़ोट के पास से गुजरा। वह क्विकज़ोट को इस हालत में देखकर चौंक पड़ा। उसने अपने गधे पर उसे जैसे-तैसे बैठाया, फिर उसके साज़ो-सामान को उसी के हडियल घोड़े पर लादकर गांव की ओर चल दिया।

गांव में गधे पर डान क्विकज़ोट को इस हालत में लौटते देख काफ़ी लोगों की भीड़ जुट गई। सब एक-दूसरे से यह जानना चाह रहे थे कि हुआ क्या है? मगर कोई गवाह तो था नहीं और ख़ुद सम्राट डान बेहोश थे। घर पर पहुंचते ही उसे फ़ौरन बिस्तर पर लिटा दिया गया, फिर पानी के छींटे मारे गए। क्विकज़ोट को आखिर होश आ गया। सबके पूछते ही वह बोला, "घबराने की बात नहीं है। अभी-अभी एक बड़े युद्ध से लौटा हूं। उस युद्ध में मैंने दुश्मनों के होश उड़ा दिए। उन्हें वह मज़ा चखाया कि वे तो क्या, उनकी सात पुश्तें भी याद रखेंगी।"

उसकी बात सुनकर सभी एक-दूसरे का मुंह देखने लगे ।

पांच

कुछ ही दिनों में डान क्विकज़ोट ठीक हो गया। बिस्तर से उठते ही वह अपने किताबों वाले कमरे की ओर चल दिया, मगर यहां से कमरा लापता था। वह सारा दिन घर में यहां-वहां घूमकर वही कमरा ढूंढ़ता रहा। जब कमरा नहीं मिला, तो वह चिल्ला पड़ा, "आख़िर मेरी किताबों का कमरा कहां गया?"

पहले से ही इस सवाल के लिए तैयार नौकरानी ने जवाब दिया, "साहब, कमरा एक प्रेत ले गया।"

क्विकज़ोट का दिमाग़ घूम गया। वह इस बारे में कुछ और सोच पाता कि इससे पहले ही उसकी भतीजी ने तुक्का मारा, "अरे, न कोई प्रेत, न राक्षस, किताबों का यह कमरा तो काला. जादूगर ले गया है। मैंने उसे ख़ुद अपनी आंखों से यहां आते देखा था। वह आसमान से उतरा था। कल रात जैसे ही वह घर में आया, पूरा घर धुन्ध से भर गया और इस धुन्ध के दूर होने के बाद मैंने पाया कि आपका किताबों वाला कमरा गायब है।"

क्विकज़ोट को नौकरानी और भतीजी की बातों पर फ़ौरन भरोसा हो गया। उसे लगा कि जरूर उसका कोई नया दुश्मन पैदा हो गया है। खैर, उससे बचकर जाएगा कहां? उसे ऐसा सबक़ सिखाएगा कि हमेशा याद रखेगा। आख़िर वह उसके जीवन की सबसे बड़ी पूंजी ले गया है। अब उसके टुकड़े-टुकड़े करके ही छोड़ेगा।

डान क्विकज़ोट को इस बात का विश्वास हो गया कि वह ख़ुद वाक़ई कोई बहुत बड़ा सम्राट या बादशाह बन गया है, इसलिए दुश्मन उससे जलने लगे हैं और किसी भी हाल में उसे हरा देना चाहते हैं या खत्म कर देना चाहते हैं, मगर वह भी किसी से कम नहीं था। वह अपने तमाम तरह के छिपे और खुले शत्रुओं से निबटने और उनके साथ बड़े-बड़े युद्धों की योजना बनाने लगा। हालांकि घर के बाक़ी लोग और गांव वाले सोच रहे थे कि अब डान की अक्ल ठिकाने आ जाएगी और फिर कभी भी वह किसी सनक का शिकार न होगा।

मगर मुसीबत के वक़्त हमेशा बुद्धि फिर जाती है। एक बार फिर वह घर से निकल जाने की सोच रहा था और बेहद गुप्त तरीक़े से अपने टूटे-फूटे औज़ारों की मरम्मत में जुट गया था। इसी बीच उसे सम्राट बनाने वाले सराय के मालिक की नौकर रखने वाली सलाह का ख्याल आ गया। यह बात ध्यान आते ही वह अपने पड़ोसी सैन्को पांजा के बारे में सोचने लगा। सैन्को पांजा वाक़ई क्विकज़ोट का चेला बनने लायक था।

क्विकज़ोट ने जल्द ही इस गरीब को अपना वफ़ादार बनाने में कामयाबी पा ली। उसने सैन्को पांजा को ऐसी पट्टी पढ़ाई कि वह भी जल्द अपने मालिक के साथ दुनिया को जीतने के जोश से भर उठा। इस जोश का एक ख़ास कारण भी था। क्विकज़ोट ने जीत प्राप्त करने के बाद उसे कोई रियासत या टापू वगैरह देने का वायदा किया था। यह सुनकर सैन्को पांजा की बांछें खिल गई थीं। क्विकज़ोट की सपनीली बातों में आकर वह बोला, "मालिक, आप अपना वायदा याद रखना। जीत के तुरन्त बाद मुझे कोई रियासत वगैरह दे देना। मैं वहां का बादशाह बन जाऊंगा और मेरी बीवी महारानी बनेगी, मेरे बच्चे भी आने वाले कल के राजकुमार और राजकुमारी बन जाएंगे।"

क्विकज़ोट को यह वायदा कर लेने में कुछ ख़ास दिक्क़त नहीं हुई, क्योंकि उसने यह भी पढ़ा था कि राजे-महाराजे जीत के बाद अक्सर नौकरों, मुसाहिबों को छोटे-मोटे इलाक़े इनाम में दे देते हैं। बेचारा सैन्को नहीं जानता था कि वह किस मुसीबत को ख़ुद अपने ही गले मढ़ने जा रहा है।

खैर, दोनों ही अपने काम में बड़ी होशियारी से जुट गए और शीघ्र ही निकल जाने की योजना बनाने लगे। सैन्को तो दोगुनी उमंग से इस कारनामे में अपनी ख़ास हिस्सेदारी निभा रहा था। उसने मालिक से पूछा, "क्या इस लड़ाई में मैं अपना गधा लेकर चल सकता हूं?" क्विकज़ोट के लिए यह सवाल कुछ नया और अटपटा था। वह सोचने लगा कि ऐसा तो उसने कहीं पढ़ा नहीं कि किसी मालिक के साथ उसका नौकर गधा लेकर लड़ाई पर जाता है, मगर उसने यह सोचकर इजाजत दे दी कि लड़ाई में जब हम लोग ढेर सारे घोड़े वगैरह जीत लेंगे, तब वह अपने गधे को छोड़कर घोड़ा ले लेगा। सैन्को ने सुझाव मंज़ूर कर लिया।

अब वे चुपचाप अपने-अपने घरों को छोड़कर दुनिया को जीतने निकल पड़े। रास्ता कठिन जरूर था, पर दोनों इस भरोसे थे कि जल्दी ही अपने इरादे में सफल होंगे और गांव वाले तो क्या चीज हैं, सारी दुनिया उनका स्वागत करेगी। उनकी जीत का जश्न मनाएगी। अभी वे इन्हीं ख़्यालों की बहस में गुम थे कि जंग का बिगुल बज उठा।

क्विकज़ोट को अचानक बड़ी-बड़ी बांहों वाला दैत्य दिखाई दिया। सामने आए इस शत्रु से युद्ध के लिए बेचैन क्विकज़ोट ने सैन्को से ज़ोर से चिल्लाते हुए कहा, "लो सैन्को, युद्ध का समय आ गया। हमारे सामने मौजूद इस दैत्य को हमें मार गिराना है।"

क्विकज़ोट जिसे दैत्य समझकर चिल्ला रहा था, दरअसल वह

एक पवन चक्की थी। इसलिए सैन्को आंखें फाड़-फाड़कर देख रहा था कि आख़िर दैत्य कहां है? वह बोला, "मालिक, मुझे तो दैत्य कहीं दिखाई नहीं दे रहा।"

क्विकज़ोट को सैन्को पर बड़ा गुस्सा आया। उसनें कहा, "अरे, आंख के अन्धे, तुझे यह बड़ी-बड़ी बांहों वाला दैत्य सामने खड़ा नहीं दिख रहा? मैंने किताबों में पढ़ा है कि दैत्यों के बड़े-बड़े हाथ होते हैं। यह दैत्य नहीं तो और क्या है?"

अब सैन्को को अपने मालिक की बुद्धि पर बड़ा तरस आया। वह बोला, "हुज़ूर, यह दैत्य नहीं, पवन-चक्की है और ये उसके हाथ नहीं पंखे हैं, जो हवा के चलने पर घूमते हैं, तब इससे चक्की में आटा पिसता है।"

क्विकज़ोट को लगा सैन्को दैत्य से डर गया है और इसलिए बेवजह बहाने बना रहा है, मगर वह तो इस दैत्य से लड़ने की पूरी तैयारी कर चुका था। उसने सैन्को से कहा, "रहने दो, तुम नहीं लड़ सकोगे इससे। इसके लिए तो मैं अकेला ही काफ़ी हूं," यह कहते हुए उसने पवन-चक्की रूपी दैत्य को आवाज दी, "अरे, खड़े क्यों हो? आओ, हिम्मत है, तो मुझसे मुक़ाबला करो। तुम्हारी ये बाहें मेरा कुछ भी नहीं बिगाड़ सकेंगी। मैं इन्हें काटकर तुम्हारे जिस्म से अलग कर दूंगा।"

तभी अचानक बहुत तेज़ हवा चली और पवन-चक्की के पंखे तेज़ी से घूमने लगे। क्विकज़ोट ने समझा कि दैत्य उस पर हमले की तैयारी कर रहा है। उसने भी बिना देर किए दैत्य की भुजा पर भाला दे मारा। भाला एक झटके के साथ टूट गया और क्विकज़ोट घोड़े समेत ज़मीन पर जा गिरा। घिसटने की वजह से उसे काफ़ी खरोचें आ गई थीं, मगर वह एक वीर योद्धा था, इसलिए मुंह से उफ़ भी न निकला। अपनें मालिक का बुरा हाल देखकर

सैन्को दौड़ा चला आया। उसने मालिक को उठाते हुए कहा, "सरकार, मैंने तो आपसे पहले ही कहा था कि यह दैत्य-वैत्य नहीं है, मगर आप माने ही नहीं।"

क्विकज़ोट एक बार फिर सैन्को पर आग बबूला हो गया। उसने समझाया, "मूर्ख, अभी तुझे किसी बात का पता नहीं। मैंने किताबों में पढ़ा है, ये राक्षत और दैत्य कई तरह के भेस बदलते हैं। हो सकता है, यह वही जादूगर हो, जो मेरी किताबों के कमरे को ले उड़ा था। वह मुझसे दुश्मनी करता है और जलन रखता है। इसलिए मेरे पीछे पड़ा हुआ है, मगर मैं भी उसको छोड़ूंगा नहीं।"

जैसे-तैसे दो सैनिकों का यह क़ाफ़िला फिर आगे बढ़ा। दोनों आपस में बातें करते चले जा रहे थे। क्विकज़ोट सैन्को को बहादुरी के गुर सिखा रहा था। उसे बता रहा था कि अगर हौसला हो और दिल में ज़रा भी डर न हो, तो किस तरह अच्छे-अच्छों से निबटा जा सकता है। सैन्को भी धीरे-धीरे मालिक की संगत में बहादुर बनने के तरीके सीख रहा था।

थोड़ी दूर जाने पर दोनों ने कुछ भिखारियों को ख़च्चरों पर आते देखा। उनके पीछे एक गाड़ी और कुछ घुड़सवार चल रहे थे। अचानक क्विकज़ोट को लगा कि ये सभी डाकू हैं, जो किसी राजकुमारी को बन्धक बनाकर ले जा रहे हैं। वह फ़ौरन जोश में आ गया। आख़िर एक राजकुमारी को बचाने का सवाल जो था। क्विकज़ोट ने सैन्को को भी होशियार कर दिया, मगर उसका अनुमान कुछ और ही था। वह बोला, "इन्हें देखकर ऐसा बिल्कुल नहीं लग रहा कि ये डाकू हैं। मुझे सभी मुसाफ़िर लगते हैं, जो अपने काम से कहीं जा रहे हैं।'

मगर क्विकज़ोट के सनकी दिमाग में जो बात बैठ गई थी निकलना मुश्किल थी। वह बोला, "इन बदमाशों की यह मजाल

कि मुझ जैसे सूरमा के रहते किसी राजकुमारी को भगाकर ले जाने की हिम्मत करें। मैं इन लोगों को छोड़ूंगा नहीं।"

सैन्को समझ गया कि अब जो कुछ होना है, उस पर उसका बस नहीं। तब तक क्विकज़ोट अपने जांबाज रूप में आ चुका था। टूटे हुए भाले को हवा में लहराकर उसने उन लोगों के पास आते ही ललकार लगाई, "मेरे रहते इस राजकुमारी को उठा ले जाने की तुम लोगों की हिम्मत कैसे हुई?" एक हथियारबन्द अजनबी के अचानक इस रूप को देखकर भिखारी बेचारे घबरा गए। वे एक-दूसरे का मुंह देखते हुए राजकुमारी की बात पर आश्चर्य जताने लगे।

एक ने कहा, "कैसी राजकुमारी ?"

दूसरा बोला, "कहां की राजकुमारी ?"

पहला फिर बोला, "हमने तो कोई राजकुमारी देखी ही नहीं ।"

क्विकज़ोट को भिखारियों, यानी इन डाकुओं की यह बात सफ़ेद झूठ लगी। वह बिना देर किए उन पर टूट पड़ा। अचानक हुए इस हमले से भिखारी मारे डर के भागने लगे। उनमें एक पहले, तो दूसरा बाद में सभी अपने ख़च्चरों पर भाग निकले।

सैन्को क्विकज़ोट के इस रूप को देखकर सकते में था, तो क्विकज़ोट अपनी बहादुरी पर बेहद ख़ुश। वह गाड़ी में बैठी उस औरत के पास जा पहुंचा और कहने लगा, "मैं हूं डान क्विकज़ोट । तुम्हें घबराने की ज़रूरत नहीं। डाकू भाग चुके हैं। अब तुम अपने देश लौट जाने के लिए आज़ाद हो।"

यह कहते हुए क्विकज़ोट को लगा कि लगे हाथ उसे टोबोसो की राजकुमारी डेलसीनिया को अपनी बहादुरी का सन्देश भिजवा देना चाहिए। उसने पढ़ा था कि राजकुमारियां बहादुरी के कारनामे सुनकर उनसे अपने-आप प्रेम करने लगती हैं। यह ख्याल आते

ही क्विकज़ोट ने उसी औरत से फिर कहा, "देखिए, यह बात राजकुमारी डेलसीनिया को ज़रूर बताइए कि मैंने डाकुओं से छुड़ाकर आपकी जान की रक्षा की है।"

वह औरत एक अजनबी की अजीब बातों को जब तक समझने की कोशिश करती, उसके साथ चल रहे एक घुड़सवार ने क्विकज़ोट को इस तरह से उस औरत से बातें करने से रोका।

क्विकज़ोट ने उस घुड़सवार पर एक तीखी निगाह डालते हुए कहा, "लगता है, तुम मुझे पहचानते नहीं। मेरा नाम है डान क्विकज़ोट , एक महान योद्धा, मगर तुम तो मुझे बेहद नीच मालूम जान पड़ते हो।"

घुड़सवार को यह बात नागवार गुजरी और वह फ़ौरन क्विकज़ोट पर हमला करने की हालत में आ गया। मगर इससे पहले कि वह हमले के लिए कूदता, डान ने एक झटके में उस पर हमला कर उसे घोड़े से नीचे गिराकर तलवार उसकी गर्दन पर टिका दी। अजनबी के इस रूप को देखकर गाड़ी में बैठी औरत घबरा गई। वह घुड़सवार को छोड़ देने की प्रार्थना करने लगी। क्विकज़ोट ने कहा, "अगर तुम मुझे इस बात का वचन देती हो कि तुम डेलसीनिया को मेरे आज के बहादुरी भरे कारनामे के बारे में बताओगी, तो मैं इस घुड़सवार को माफ़ करने के लिए तैयार हूं।"

औरत ने फ़ौरन डान की मांग स्वीकार कर ली। हालांकि वह ख़ुद भी नहीं जानती थी कि टोबोसो की राजकुमारी डेलसीनिया आख़िर है कौन! क्विकज़ोट ने राजकुमारी के कहने पर घुड़सवार को छोड़ दिया और उन्हें आगे जाने की इजाजत दे दी।

अपने मालिक की इस बहादुरी को देखकर सैन्को हैरान था और क्विकज़ोट डाकुओं से एक राजकुमारी को बचा लिये जाने के इस कारनामें को एक बार फिर सैन्को को बता रहा था। हालांकि

सैन्को को इस बात का अफ़सोस था कि मालिक के इस कारनामे के बावजूद वह हारे हुए लोगों से कोई धन नहीं पा सका।

दोपहर हो चली थी और दोनों थक गए थे। इसलिए उन्होंने एक जगह आराम करने का मन वनाया। क्विकज़ोट ने अपना घोड़ा घास चरने के लिए छोड़ दिया। जहां पर उसे घास चरने के लिए छोड़ा गया था, वहां पहले से ही कुछ और घोड़े भी घास चर रहे थे। इन घोड़ों ने एक अजनबी घोड़े को अपने पास देखकर उस पर दुलत्तियों से हमला कर दिया। पास ही उन घोड़ों के हट्टे-कट्टे मालिक भी आराम कर रहे थे। घोड़ों की आपसी लड़ाई देखकर वे वहां आ गए और फिर क्विकज़ोट के घोड़े पर लात-घूंसे बरसाने लगे। अपने घोड़े की पिटाई देख क्विकज़ोट का ख़ून खौल उठा। पहले से ही उसका घोड़ा बेहद मरियल था, उस पर तगड़े घोड़े और इंसान बरस रहे थे। डान ने फ़ौरन इन बदमाशों को सबक़ सिखाने का फ़ैसला किया। हमेशा की तरह सैन्को ने मालिक को समझाने की कोशिश की। अबकी बार वह बोला, "वे लोग बहुत से हैं और हम केवल दो। लड़ना मुश्किल है।"

डान क्विकज़ोट फ़ैसला कर चुका था। वह बोला, "तुम कायर और डरपोक हो। तुममें किसी वीर की तरह मुक़ाबला करने की हिम्मत नहीं, मगर मैं इनसे निबटने के लिए अकेला ही बहुत हूं।"" यह कह डान दौड़कर उन घोड़ों के मालिकों से जा भिड़ा। वे सचमुच अच्छे-ख़ासे, तगड़े और बलवान नौजवान थे। उन्होंने डान क्विकज़ोट की जमकर पिटाई कर दी। मालिक को पिटते देख बीच-बचाव करने गए सैन्को को भी उन लोगों ने अच्छी तरह पीटा।

उनके जाने के बहुत देर बाद जब दोनों को होश आया, तो दुनिया पर विजय पाने का सैन्को का सारा जोश ख़त्म हो चुका था। वह विश्व विजय की इस सनक से अब ख़ुद को अलग करने

और गांव लौट जाने की बात कह रहा था। क्विकज़ोट सैन्को की इस कायरता से जरा भी खुश नहीं था।

उसने समझाया, "गांव जांकर भी आख़िर तुम्हें क्या मिलेगा? मगर तुम मेरे साथ दुनिया को जीतने के काम में लगे रहे,तो तुम्हें भी लोग याद करेंगे, तुम्हारा नाम होगा, लोग तुम्हें बहादुर कहेंगे, सलाम करेंगे। हमारी जीत के साथ तुम्हें राज-काज का ज़िम्मा मिलेगा। यह सब गांव लौट जाने पर कैसे होगा?"

सैन्को पांजा के भेजे में डान क्विकज़ोट की यह बात फिर घुस गई, मगर पिटाई के डर से वह बोला, "लेकिन इस तरह तो दुनिया पर विजय पाने का ख़्वाब मेरे बस का नहीं।"

डान बोला, "अरे, तो क्या इन बकवास और बेहद ओछे लोगों से मैं बेकार ही लड़ लिया हूं? चलो, मैं मानता हूं कि ऐसे लोगों को बहादुर लोग कभी अपने मुंह नहीं लगाते, मगर इस बार जो ग़लती हो गई, सो हो गई। आगे से हम ढंग के लोगों से ही मुक़ाबला करेंगे। अब तो ठीक है?"

सैन्को को यह बात जम गई। जैसे-तैसे दोनों एक-दूसरे को संभालते हुए गधे पर एक साथ बैठ गए। जो हाल उनका था, वही हाल मरियल घोड़े का भी था। मार खाने के बाद वह बिना सवार के चलने लायक ही बचा था। ख़ैर, यह कुनबा फिर आगे बढ़ चला।

क़िस्मत से दोनों एक सराय के दरवाज़े पर जा खड़े हुए। सैन्को को आराम की सख़्त जरूरत थी और वह जल्द-से-जल्द सराय में दाखिल होना चाहता था, मगर डान क्विकज़ोट को एक बार फिर यह सराय किसी सम्राट का क़िला ही मालूम हुई। हालांकि सैन्को ने मालिक के ख़्याल को सही नहीं बताया और वह गधे से उतर पड़ा। क्विकज़ोट तो उतरते-उतरते गिर ही पड़ा। आख़िर कुछ लोगों की मदद से उसे सराय के अन्दर ले जाकर लिटा दिया

गया। गौर करने पर समझ में आया कि डान क्विकज़ोट को खासी चोटें आई हैं। भला हो सराय की मालकिन का, जिसकी मदद से डान की मरहम-पट्टी की गई और उन्हें बढ़िया खाना-पीना खिलाकर आराम करने के लिए कहा गया।

रात-भर नींद के बाद सवेरे दोनों की आंखें खुलीं। आख़िर डान ने फिर निकलने का फ़ैसला किया। सराय के मालिक ने पैसों की मांग की। डान को पहले तो विश्वास ही न हुआ कि यह सराय है और उसका मालिक यहां रुकने, खाने-पीने के पैसे मांग रहा है, मगर जब यह बात अच्छी तरह समझ में आ गई कि यह न तो कोई क़िला है और न ही यहां कोई सम्राट है, तो डान ने साफ़ कह दिया, "देखिए, हम राजा लोग हैं। पैसे-वैसे लेकर चलने का हम लोगों में चलन नहीं है। हम तो अक्सर लड़ाई पर ही रहते हैं। अगर तुम भी लड़ना चाहते हो, तो आ जाओ।"

सराय का मालिक क्विकज़ोट की इस बात से सहम गया। उसने उसे बाहर जाने दिया, मगर सैन्को अभी भी अन्दर था, जिसे सराय वालों ने पकड़ लिया और पैसों की मांग की, मगर सैन्को भी पैसे कहां से देता। सभी ने सैन्को को जमकर पीटना शुरू कर दिया। सैन्को की आवाज सुनकर डान पलटकर जब तक सराय के अन्दर जाता, उसका दरवाज़ा बन्द कर दिया गया। बेचारा सैन्को अन्दर खूब देर तक पिटता रहा।

दोबारा कभी पांव न रखने की चेतावनी के साथ सैन्को को सराय से बाहर धकेल दिया गया। बाहर आते ही वह अपने मालिक से कुछ कहता, इससे पहले ही डान उससे कहने लगा, "देखा, अब समझ आया न? यह सब उसी जादूगर दैत्य का किया-धरा है। मैं तुम्हें बचाने के लिए अन्दर आ रहा था, मगर तभी एक दीवार-सी बीच में आ गई और मैं चाहकर भी तुम्हारे जैसे वफ़ादार की मदद

नहीं कर सका। तुम ही सोचो, यह सब क्यों हो रहा है? इसके पीछे सब उन जादूगरों की करतूत है, जो नहीं चाहते कि हम-तुम दुनिया पर जीत प्राप्त करें, आगे बढ़ें।"

इस महान उपदेश का शरबत पीकर सैन्को ने माथा पीट लिया। दर्द से कराहते हुए वह बोला, "सरकार, मेरी समझ में तो कुछ नहीं आता। आप जिन्हें शैतान, जादूगर, दैत्य, राक्षस वगैरह बता रहे हैं, वे सब हमारे-तुम्हारे जैसे आदमी हैं। बात-बेबात मैं इन लोगों से अब और नहीं पिट सकता। मुझे घर जाने दीजिए। दुनिया पर विजय पाना, उस पर राज करना मेरे बस का नहीं।"

छः

डान क्विकज़ोट हर हाल में सैन्को को समझाना चाहता था कि वास्तव में दुश्मन किसी भी रूप में सामने आ सकता है और उसे पहचानना ही बहादुरों का काम है। वह उसे बताता रहा कि दुश्मन को न पहचानने की वजह से कितने ही राजा-महाराजाओं को अपने समय में मात खानी पड़ी और अपने महान राज्यों से हाथ धोना पड़ा।

मगर हर बार हो रही अपनी दुर्गत को देखते हुए डान की बात सैन्को के गले नहीं उतर रही थी, फिर भी मालिक आख़िर

मालिक था। इसलिए सैन्को जैसे-तैसे क्विकज़ोट की दुनिया को विजय करने के सफ़र में उसके साथ आगे चलता रहा।

कुछ ही दूर पर दोनों को एक आदमी ख़च्चर पर आता दिखाई दिया। उसके सिर पर कोई वस्तु चमक रही थी। क्विकज़ोट का माथा ठनका। वह मन में सोचने लगा, हो-न हो यह किसी राजा का चुराया हुआ मुकुट है। उसे याद आया कि उसने स्पेन के एक राजा के मुकुट के चोरी चले जाने के बारे में पढ़ा था। इस मुकुट को राजा के एक दरबारी ने ही चुरा लिया था। यह बात याद आते ही डान ने सोचा, हो-न हो यह वही दरबारी है, जो इस बेशक़ीमती शाही वस्तु को चुराकर कहीं ले जा रहा है।

उस आदमी के क़रीब आते ही डान ने उसे रोक लिया। वह आदमी हलकी बारिश से बचने के लिए पीतल की थाली को सिर पर रखकर जा रहा था। यह थाली उसने बाज़ार से ख़रीदी थी। डान के रोकने पर वह रुक गया। अब क्विकज़ोट ने उससे कहा, "धिक्कार है तुम पर। एक दरबारी होकर अपने ही राजा का यह मुकुट तुम लेकर भाग रहे हो। मुझे सब मालूम है, तुम कौन हो? चुपचाप यह मुकुट मुझे लौटा दो, वरना तुम्हारी जान की खैर नहीं।"

सम्राट जैसे दिखने वाले इस अजीबो-गरीब आदमी की धमकी से वह घबरा गया। थाली से ज़्यादा उसे अपनी जान की फ़िक्र थी। वह थाली वहीं छोड़कर भाग गया।

डान ने बड़े गर्व के साथ उस थाली को अपने सिर पर लगा लिया, मगर वह मुकुट तो था नहीं, इसलिए सिर पर कस नहीं सका। यह देखकर सैन्को हंसने लगा। क्विकज़ोट ने उससे हंसी का कारण जानना चाहा। सैन्को ने कहा, "हुज़ूर, यह मुकुट कहीं से नहीं लगता, अलबत्ता थाली ज़रूर है। पीतल की होने की वजह से यह दूर से ज़्यादा चमक रही थी।"

डान क्विकज़ोट को एक बार फिर सैन्को की बात नासमझी की लगी। उसने उसे समझाया, "तुम्हें नहीं मालूम यह कितना महान मुकुट है, जो क़िस्मत से हमारे हाथ लग गया है। मुझे लगता है कि इसके हीरे-जवाहरात को बेच दिया गया है, मगर हम किसी सुनार से इसको असली रूप दिलवा देंगे।"

सैन्को को मालिक की बात में दम नजर आया, मगर उसकी नजर एक दूसरे मुकुट पर पड़ी थी। थाली वाला आदमी न केवल थाली, बल्कि अपना ख़च्चर भी छोड़कर भाग गया था। सैन्को चाहता था कि यह ख़च्चर उसे मिल जाए और वह गधे को आज़ाद कर दे। डान क्विकज़ोट को एक नौकर के इस तरह गधे से ख़ुच्चर बदलने की कोई किताबी घटना याद नहीं आई, मगर शाही मुकुट की महान विजय की ख़ुशी में उसने सैन्को को ऐसा करने की आज्ञा दे दी।

शाम हो चली थी और दोनों एक नए जोश के साथ आगे बढ़े चले जा रहे थे। कुछ दूरी तय करने के बाद उन्हें सामने धूल के गुबार उड़ते दिखाई दिए। ग़ुबार उड़ने से दूसरी तरफ़ का नज़ारा धुंधला हो गया। डान क्विकज़ोट को लगा कि जरूर यह दुश्मनों की बहुत बड़ी फ़ौज है, जिसके दौड़ते हुए हज़ारों घोड़ों की वजहं से यह धूल आसमान पर छा रही है। उसने ऐसा ही किसी किताब में भी पढ़ रखा था। इसलिए वह एक बहुत बड़ा युद्ध लड़ने के लिए मन-ही-मन तैयार हो गया। वह फ़ौरन घोड़े से उतरकर ज़मीन पर बैठ गया और ईश्वर को धन्यवाद देते हुए प्रार्थना करने लगा, "हे प्रभु! तेरा शुक्र है। तू बहुत बड़ा है और आज मेरी इच्छा के अनुसार तूने मुझे आख़िर इतना बड़ा युद्ध लड़ने का अवसर दे ही दिया, ताकि मैं महान योद्धा कहला सकूं। अपनी बहादुरी और ताक़त दिखा सकूं। धन्य हो प्रभु!... तुम धन्य हो!"

अपने मालिक को अचानक इस तरह का व्यवहार करते देख सैन्को को कुछ शंका हुई। उसे जवाब भी मिल गया। क्विकज़ोट बोला, "वह देखो, सामने एक बहुत बड़ी फ़ौज आ रही है। तुम युद्ध के लिए तैयार हो जाओ। आज हमें दुश्मनों के दांत खट्टे कर देना है। उन्हें वह सबक़ सिखाना है कि वे हमारी बहादुरी को हमेशा याद रखें। भरोसा करो, आज का युद्ध हमें दुनिया में सदा-सदा के लिए अमर कर देगा।"

सैन्को को धूल के ग़ुबार उठने से कुछ शक जरूर हो रहा था, मगर उसे इस बात पर कम भरोसा था कि कोई बहुत बड़ी फ़ौज आ रही है।"

फिर भी वे दोनों दौड़कर एक ऊंची जगह पर चढ़ गए और जिस तरफ़ से यह फ़ौज चली आ रही थी, उसके इधर पहुंचने का अन्दाज़ा लगाने लगे। क्विकज़ोट की ख़ुशी का कोई ठिकाना न था। वह इधर-उधर घूमकर अपने और सैन्को के खड़े होने की जगह के बारे में सोचने लगा। उसके दिमाग में दुश्मन की फ़ौज के एक-एक सिपाही को मार गिराने की योजना बनने लगी और उसे कुछ भी असम्भव नहीं लगा। उसे लग रहा था कि आज बड़े दिनों बाद दो फ़ौजें आपस में टकराएंगी। तभी वह क़ाफ़ला इधर की तरफ़ आता दिखाई दिया। पूरी तरह चौकन्ना होकर उसी तरफ़ देख रहा सैन्को बोला, "मालिक, इस ग़ुबार में जो कुछ दिखाई दे रहा है, उसमें फ़ौज जैसा कुछ भी नहीं है, बल्कि कुछ काली-काली हिलती-डुलती परछाइयां ज़रूर नजर आ रहीं हैं।'

डान क्विकज़ोट को सैन्को की बात बेहद मूर्खता भरी लगी। उसे लगा, यह डरपोक हमेशा की तरह कोई नया बहाना खोज रहा है, तो क्या हुआ वह अकेला ही काफ़ी है, लेकिन फिर भी उसने उसे झिड़की लगाई, "बेवक़ूफ़, तुम्हारी अक्ल को कया हुआ है?

सामने फ़ौज युद्ध को तैयार है और तुम्हें काली-काली चीजें ही नजर आ रही हैं। आज का युद्ध पहली और आख़िरी बार होने जा रहा है। तुम जल्दी से युद्ध के लिए तैयार हो जाओ।"

तभी सैन्को को सामने से आ रहे झुंड में से भेड़ों की आवाज सुनाई दी। बात को समझते ही वह एकदम बोला, "अरे, हुज़ूर, यह तो भेड़-बकरियों का झुंड दिखाई देता है।"

मगर क्विकज़ोट के पास बेकार की बकवास के लिए अब वक़्त नहीं बचा था। वह तो मैदान में अपना जौहर दिखाने के लिए पूरी अकड़ और जोश के साथ तैयार था। इसलिए उसने सैन्को जैसे पागल की बात पर ध्यान नहीं दिया। तभी भेड़ों का वह झुंड उनके सामने आ पहुंचा और डान क्विकज़ोट अपने घोड़े को एड़ लगाकर उन पर कूद पड़ा।

ज़ोर से चिल्लाते हुए वह वार करने के लिए अपनी युद्ध-कला का प्रदर्शन करने लगा, मगर उससे सीधे मुक़ाबले के लिए कोई भी सैनिक सामने नहीं आया। हैरानी के साथ क्विकज़ोट बड़ी तेजी के साथ भाला-तलवार घुमाने लगा। तभी सनसनाता हुआ एक पत्थर आकर उसे लगा। उसने समझा कि अब फ़ौजें उससे आ भिड़ी हैं। वह और भी जोरों से चिल्ला-चिल्लाकर हमले का जवाब देने लगा और सैन्को को भी आगे बढ़ते रहने के लिए आवाजें लगाने लगा। इस बीच डान को दो-तीन पत्थर और लगे। कोई और नहीं, बल्कि भेड़ों को लेकर जा रहे गडरिए पत्थर बरसा रहे थे। जब डान के सिर पर एक और पत्थर आकर लगा, तो वह नीचे गिर गया, लेकिन नीचे गिरते हुए भी वह दुश्मनों को ललकारता रहा और कहता रहा, "अरे, छिपकर वार क्यों करते हो? हिम्मत हो, तो सामने आकर दिखाओ, बुजदिलो!"

इसी सनक में उसके हाथ एक-आध भेड़ की टांग लग गई।

वह उसे किसी फ़ौजी की बांह समझकर पूरा जोर लगाने लगा, पर उसके हाथ पर एक गडरिए ने लकड़ी दे मारी और डान क्विकज़ोट को पागल समझकर अपनी भेड़ें आगे बढ़ा ले गया।

मैदान में थोड़ी देर सन्नाटा छाया रहा, फिर सैन्को अपने मालिक के पास आया और उसे उठाते हुए कहने लगा, "मालिक, मैं आपसे पहले ही कह रहा था कि यह कोई फ़ौज-वौज नहीं, भेड़-बकरियां हैं। आप माने नहीं औरं बिना वजह ही...। हुज़ूर, गडरिए तो हमें पागल समझकर ही पत्थर मार रहे थे।"

डान एकदम से उठ बैठा और सैन्को से कहने लगा, "तुम इस चीज़ को कभी नहीं समझ पाओगे। अरे, बेवक़ूफ़, ये सारे दुश्मन ही थे, जिन्हें किसी जादूगर ने हमारे ऊपर हमला करने और हमें जान से मार देने के लिए भेड़ें बनाकर भेजा था। वह तो अच्छा हुआ कि मैं समझ गया और मैंने पलटवार कर उन्हें भगा दिया, वरना हम तो घिर ही चुके थे।"

सैन्को एक बार फिर निरुत्तर था। ऐसी बातें उसकी समझ से परे थीं।

दोनों एक बार फिर घोड़े और खच्चर पर लद गए और बहादुरी की बातें करते हुए आगे बढ़ने लगे। मगर थोड़ी ही दूर पर एक बार फिर डान क्विकज़ोट को अपनी बहादुरी दिखाने का नया मौक़ा नज़र आने लगा। उसे सामने से एक गाड़ी आती दिखाई दी। गाड़ी के साथ कुछ सैनिक भी चल रहे थे। सम्राट डान क्विकज़ोट को लगा कि ज़रूर यह कोई राजा का रथ है, जो अकेले ही उससे युद्ध करने आ रहा है। उसने पढ़ा भी था कि जब किसी राजा की सेना युद्ध में हार जाती है, तो उस सेना का राजा अकेले ही युद्ध के मैदान में लड़ने आ जाता है। अगर उसे जीत मिलती है, तो ठीक, वरना उसे अपने राजकाज से हाथ धोना पड़ता है।

डान ने अपने मन की यही बात सैन्को को बताई और कहा, "हो सकता है, आज के मुक़ाबले में इस राजा को हरा दूं और मैं इसके राज्य का राजा बन जाऊं?"

सैन्को बोला, "मालिक, मुझे तो यह कोई सरकारी गाड़ी लग रही है। मेरे ख्याल से इन लोगों से लड़ाई करना ठीक नहीं होगा।"

मगर डान क्विकज़ोट को सैन्को की डरपोक बातों पर नहीं अपनी बहादुरी पर विश्वास था। इसलिए सरकारी गाड़ी के सामने आते ही उसे रोक लिया। उसने गाड़ी ले जा रहे आदमी से पूछा, "इस गाड़ी के अन्दर कौन बैठा है? उसे बाहर निकालो। मैं उससे लड़ना चाहता हूं।"

गाड़ीवान कहने लगा, "अन्दर एक पिंजरा है, जिसमें शेर बैठा है। हमारे सम्राट ने यह शेर राजा को उपहार में दिया है। हम इसे भेंट करने जा रहे हैं। आप हमारा रास्ता छोड़ दीजिए।"

क्विकज़ोट को लगा कि इस शेर के दर्शन कर लेने चाहिए। उसने गाड़ी वाले आदमी से कहा, "यह शेर देखने में कैसा है? क्या मोटा-ताजा है?"

गाड़ी वाले ने बताया, "अरे, साहब, यह तो अफ्रीका का शेर है, बड़ा ही खूंखार और तगड़ा। अभी भूखा भी है। चलिए-चलिए, आप जरा सामने से हटिए और हमें निकल जाने दीजिए।"

"नहीं," डान क्विकज़ोट बोला, "शेर को बाहर निकालो, मैं शेर को बताना चाहता हूं कि मैं कौन हूं।"

इस सनक पर वह आदमी सकपका गया। उसके साथी भी क्विकज़ोट की हठ पर सोच में डूब गए। इधर डान ने कहा, "देखो, शेर को जल्दी से बाहर निकालो, वरना ठीक नहीं होगा। मैं इस शेर से लड़ना चाहता हूं।"

यह बात सुनकर शेर को साथ ले जाने वाले सभी पहरेदार और गाड़ी वाले डान का मुंह ताकने लगे। तब तक डान पिंजरे

के बिल्कुल नजदीक आकर अपनी जिद दोहराने लगा।

इस बात पर बहुत देर तक बहस होती रही। वे लोग डान क्विकज़ोट को समझाते रहे, मगर वह न माना। आख़िर उनमें से एक पिंजरा खोलने को राज़ी हो गया। उसकी इस बात पर बाक़ी सारे लोग पीछे हट गए। इधर सैन्को भी अपने मालिक के आगे गिड़गिड़ाया, मगर बहादुर सम्राट ने एक न सुनी। आखिर पिंजरा थोड़ा-सा खोला गया, मगर यह क्या? शेर जरा भी हिला-डुला नहीं। वह आराम से आंखें मींचे सोया रहा। डान को शेर की यह बात बड़ी अजीब लगी।

तभी गाड़ीवान बोला, "यह शेर अभी जागा नहीं है और इसे परेशान करना ठीक नहीं। मैं आपसे अभी भी कहता हूं कि इसे बाहर निकालने की जिद न कीजिए, वरना यह हम सबको फाड़ खाएगा।"

"तो फिर ठीक है...." डान क्विकज़ोट ने उस आदमी से कहा, "मुझे लिखकर दो कि मैंने तुम्हारे इस खूंखार शेर को लड़ाई में हरा दिया। मैं उससे लड़ना चाहता था, मगर अफ्रीका का यह शेर मेरे सामने उठने तक की हिम्मत नहीं कर सका। बोलो, लिखकर देते हो कि नहीं?"

शेर ले जा रहे लोगों ने अपनी भलाई इसी में समझी कि एक पागल की बात मान ली जाए। उन्होंने यह बात एक कागज पर लिखकर दे दी और अपना रास्ता पकड़ लिया।

उनके जाने से पहले डान ने डींग हांकी, "जाओ, अपने राजा को बता देना कि मैंने, यानी डान क्विकज़ोट ने इस शेर को लड़ाई में हराया है और आज से मैं शेरों का सम्राट भी बन गया हूं।"

उन लोगों के चले जाने के बाद सैन्को ने घबराकर कहा, "हुज़ूर, यह तो अच्छा हुआ कि वह शेर बाहर नहीं आया, वरना आज लेने के देने पड़ जाते। गाड़ी वाले भी बेचारे शरीफ़ थे।"

डान ने शेख़ी बघारी, “सैन्को, मैं जानता था, मुझ जैसे सम्राट के सामने शेर उठने की हिम्मत नहीं कर सकता। तुमने देखा नहीं, मेरे पिंजरा खुलवाने पर भी वह किस तरह अन्दर की तरफ़ चुपचाप घुस गया?”

मालिक की ज़िन्दादिली पर अब सैन्को वाह-वाह कहने के अलावा और क्या कर सकता था!

सात

अपने अनूठे साहसिक कारनामों से डान क्विकज़ोट के हौसले बुलन्द होते जा रहे थे। वह पहले ही जानता था कि बहादुरी के लिए कुछ भी कर सकता है और दुनिया में उसकी ताक़त के आगे कोई टिक नहीं सकता। सैन्को से उसने कहा, “धीरे-धीरे मेरा और तुम्हारा नाम सारी दुनिया में फैल जाएगा और हम सचमुच संसार पर विजय प्राप्त करने वाले सुपर हीरो बन जाएंगे।”

बातें करते वे घनघोर जंगल में आगे बढ़े जा रहे थे। थोड़ी दूर जाने पर उन्हें सैनिक नज़र आए, जो कुछ लोगों को बांधकर ला रहे थे। ये लोग राजा से सज़ा पाए हुए कैदी थे, जिन्हें सिपाही शायद कहीं किसी गुमनाम जगह ले जा रहे थे।

सैन्को ने कहा, “लगता है, क़ैदियो को कड़ी सज़ा मिली है।

अब इन्हें क़ैदी बनाकर ले जाया जा रहा है। ज़रूर इन्होंने कोई बड़ा अपराध किया है, जिसकी सज़ा इन्हें दी गई है।"

क्विकज़ोट को यह जानने की इच्छा हुई कि आख़िर इन क़ैदियो ने ऐसा क्या किया है, जो सिपाही इस तरह बांधकर ले जा रहे हैं। उसने यह जानने के लिए क़ाफिले को रोक लिया।

सैनिकों को पहले तो क्विकज़ोट की बात बुरी लगी, मगर उसके यह पूछने पर कि इन्हें क्योंकर क़ैदी बनाया गया है, वे कुछ नरम पड़े। उनमें से एक ने कहा, "इन नीचों से ही पूछ लो कि इन्हें किस बात की सजा मिली है?"

क्विकंजोट का उद्देश्य इन क़ैदियों के गुनाह के बारे में जानने से भी कुछ ज़्यादा था। उसे लग रहा था कि इनके साथ अन्याय और बुरा बर्ताव हो रहा है और एक बहादुर को इनकी मदद ज़रूर करना चाहिए।

वह उन कैदियों के पास पहुंचकर उनके कर्मों के बारे में पूछने लगा। उनकी बात सुनकर क्विकज़ोट जोर से बोला, "मगर तुम लोगों ने कोई ऐसा बड़ा अपराध तो किया नहीं कि इस तरह से क़ैदी बनाकर अत्याचार किया जाए और जानवरों की तरह दुर्गत बनाई जाए।"

क्विकज़ोट की इस बकवास पर सिपाही गुस्से में आ गए। उधर सैन्को समझ गया कि अब कोई नया बखेड़ा भारी मुश्किलें पैदा करने वाला है।

वह कुछ कहने की तैयारी में ही था कि क्विकज़ोट की आवाज आई, "क़ैदियो, मैं तुम्हें आजाद हो जाने का हुक्म देता हूं, मगर इस चेतावनी के साथ कि आगे तुम लोगों से मुझे किसी तरह की शिकायत कभी नहीं मिलनी चाहिए।"

क्विकज़ोट की इस बात को सुनकर एक घुड़सवार चिल्ला पड़ा,

"इन अपराधियों को क़ैद से रिहा करने का हुक्म देने वाले तुम कौन होते हो ? जानते हो, राजा के काम में बाधा डालना एक अपराध है।"

दूसरा बोला, "भलाई इसी में है कि तुम हमारा रास्ता छोड़ दो और यहां से दफ़ा हो जाओ।"

डान क्विकज़ोट को अपने काम में किसी छोटे-मोटे सिपाही की दख़लअंदाज़ी बिल्कुल पसन्द नहीं थी। उसने इस गुस्ताख़ी के लिए फ़ौरन सैनिकों को सबक़ सिखाने का फ़ैसला कर लिया। डान बोला, "तुम लोग शायद मुझे नहीं ज नते। मेरा नाम है, डान क्विकज़ोट। एक ताक़तवर सम्राट। मैं कमज़ोरों पर अत्याचार बर्दाश्त नहीं कर सकता।"

डान बेहद फुर्ती से एक सिपाही पर हमला कर चुका था। अचानक होने वाले इस हमले के लिए वह तैयार नहीं था। सिपाही ज़ख्मी होकर घोड़े से गिर पड़ा। उधर क्विकज़ोट दूसरे सैनिकों की ओर बढ़ा, मगर वे सब भागने की तैयारी कर रहे थे। इस बीच मौक़ा देखकर क़ैदियों ने अपने बन्धनों को खोलना शुरू कर दिया। सैन्को पांजा ने तेजी से उनकी मदद की। उन सभी ने मिलकर भागते सिपाहियों के हथियार छीन लिये।

आजाद क़ैदी ख़ुश थे और उन्हें विश्वास नहीं हो रहा था कि कोई अजनबी घुड़सवार उनकी मदद के लिए इस तरह से प्रकट हो सकता है।

क्विकज़ोट ने रिहा हुए इन कैदियों से कहा, "मैंने तुम्हारा इतना बड़ा काम किया है। तुम्हें भी मेरे लिए एक छोटा-सा काम करना होगा।"

क्विकज़ोट की बात सुनकर सारे क़ैदी सोच में पड़ गए। डान ने कहा, "नहीं-नहीं, कोई ऐसी बात नहीं कि तुम न कर सको। बस, तुम लोगों को टोबोसो की राजकुमारी को यह ख़बर देना है

कि मैंने कितनी बहादुरी से तुम लोगों को आजाद कराया है। तुम्हें एक अत्याचारी राजा के चंगुल से बचाया है।"

उन्हें रिहा कराने वाले एक हथियारबन्द अजनबी की ये बातें कैदियों के पल्ले नहीं पड़ीं। उनके सम्राट ने टका-सा जवाब दिया, "देखो जी, हम शहर जाकर फिर से गिरफ़्तार होना नहीं चाहते। इसलिए हमसे यह काम नहीं होगा।"

क्विकज़ोट को इस क़ैदी की बात बहुत बुरी लगी। उसने अपने गुस्से को संभालते हुए कहा, "तुम सब न भी जाओ, पर तुममें से एक मेरा यह काम चुपचाप कर सकता है। अगर ऐसा नहीं करोगे, तो तुम सब पछताओगे।"

यह बात सुनते ही क़ैदियों ने एक-दूसरे को देखा और फिर आपस के इशारों को समझकर एकदम भागने लगे। क्विकज़ोट और सैन्को उनका पीछा न कर सके। वे भागते हुए उन पर पत्थर बरसा रहे थे। थोड़ी ही देर में सब लापता हो गए।

अब सैन्को अपने मालिक का मुंह ताक रहा था और क्विकजोट अपने किए पर पछता रहा था। उसे अपनी ताक़त का उतना अफ़सोस नहीं था, जितना इस बात का कि उसकी बहादुरी का यह कारनामा अब राजकुमारी डेलसीनिया तक कभी भी नहीं पहुंच सकेगा।

सैन्को ने कहा, "हुज़ूर, मेरी एक सलाह है। अब हमारा यहां से जल्दी निकल जाना ही ठीक होगा। नहीं तो राजा के भागे हुए सिपाही दूसरे सैनिकों के साथ यहां आकर हमें घेर लेंगे।"

वैसे क्विकज़ोट भी अब जंगल में और ज़्यादा लड़ने के मूड में नहीं था। वह चाहता था कि सीधे किसी राजा या उसकी फ़ौज से ही मुक़ाबला करके वह सब पा लिया जाए, जो एक सम्राट और उसके सैनिक का हक़ है, मगर फ़िलहाल जंगल में रहने के अलावा

कोई रास्ता भी नहीं था। तभी क्विकज़ोट के मन में एक अनूठा उपाय सूझा। बेशक इस नायाब नुस्खे के बारे में भी उसने किताबों में ही पढ़ रखा था।

आठ

कुछ समय के लिए ही सही सैन्को पांजा मालिक के पंजे से आजाद था। बहुत दिनों से न तो उसे आराम मिला था, न ही अच्छा खाना-पीना ही हुआ था। सम्राट डान क्विकज़ोट के इशारे पर युद्ध लड़-लड़कर उसका हाल-बेहाल हो गया था। काफ़ी समय से उसने अपने गांव को भी देखा नहीं था। उसे उसकी याद आ रही थी।

इसलिए जैसे ही डान ने उससे कहा कि वह उसकी तरफ़ से टोबोसो की राजकुमारी डेलसीनिया को चिट्ठी दे आए, तो वह फ़ौरन तैयार हो गया। हालांकि सैन्को अच्छी तरह जानता था कि दुनिया में इस नाम की किसी राजकुमारी का वजूद ही नहीं है, मगर वह अपने मालिक को यह थोड़े ही कह सकता था।

मालिक ने जो कहा, उसने मान लिया और फ़ौरन उस जंगल से निकल पड़ा। उसे हैरानी भी हुई अपने मालिक की बात पर। जंगल में एक पहाड़ी के पास डेरा जमाते हुए उसने कहा था, "मैंने

किताबों में पढ़ा है, तपस्या करने वालों को क्या नहीं मिलता। इसलिए मैं अब राजकुमारी को हासिल करने के लिए यहां इस जंगल में तपस्या करूंगा। उससे सिद्धि मिलेगी और उसकी वजह से राजकुमारी डेलसीनिया को प्राप्त कर लूंगा।"

सैन्को को हंसी आई। डान क्विकज़ोट ने उससे आगे कहा था, "मैं यहां तपस्या कर रहा हूं। इस बात की ख़बर राजंकुमारी को देने के साथ ही यह मेरी चिट्ठी भी उसे दे देना।"

सैन्को जानता था, यह चिट्ठी वह कभी भी किसी को नहीं दे सकेगा, क्योंकि क्या सपनों की राजकुमारी का कोई पता होता है?

इन्हीं बातों को सोचते-दोहराते सैन्को ठीक उसी ससय के पास पहुंच गया, जहां उसकी कुछ दिन पहले जमकर मरम्मत हुई थी। उसने जल्द यहां से खिसक लेने में ही अपना भला समझा, मगर शरीर थककर चूर हो चुका था। हड्डियां भजन-कीर्तन कर रही थीं। पैर आगे बढ़ने के लिए उठने से मना कर रहे थे। बेबस सैन्को आख़िर उसी सराय के अन्दर जाने लगा, मगर मुड़ते ही सामने फ़ादर और नाई टकरा गए। ये दोनों डान क्विकज़ोट और सैन्को की तलाश में ही निकले थे। उनकी ख़ुशी का ठिकाना न रहा। दोनों ने सैन्को को पकड़ लिया और एक तरफ़ ले जाकर पूछने लगे, "बोलों, बताओ, क्विकज़ोट कहां है? वह यहीं कहीं है या और कहीं? बताओ, तुम कैसे हो और यहां क्या कर रहे हो?"

सैन्को एक साथ इतने सवालों से सकपका गया, फिर आहिस्ता से बोला, "सम्राट एक जुरूरी काम में लगे हैं और मुझे दूसरे जरूरी काम के लिए रवाना किया है।" फ़ादर और नाई को सैन्को की बात में कुछ गलत लगा। वह उस पर शक कर रहे थे। दोनों ने तुक्का भिड़ाते हुए कहा, "हमें मालूम है। तुम झूठ बोल रहे हो।

तुमने अपने स्वामी को धोखे से मार दिया है और उसका घोड़ा लेकर भाग निकले हो।"

सैन्को चाहता था कि वह किसी सूरत में वे बातें न बताए, जो मालिक के हिसाब से उसे नहीं बतानी थीं, मगर अपने गले में फन्दा कसता देख वह सब-कुछ सच-सच बता देने पर मजबूर हो गया। उसने उन्हें बता दिया कि मालिक जंगल में राजकुमारी डेलसीनिया को पाने के लिए तपस्या कर रहे हैं। उन्होंने मुंझे राजकुमारी को एक चिट्ठी देने के लिए दी है। जब फ़ादर ने सैन्को से डान की लिखी चिट्ठी मांगी, तो वह उसके पास नहीं निकली। इस बात से फ़ादर का शक और बढ़ गया। वह मामले की तह तक जाना चाहते थे। इसलिए वे डान क्विकज़ोट की ख़बर पाने और उस तक पहुंचने के बारे में सोचने लगे।

उनके दिमाग में एक तरकीब आ ही गई। इससे वे न केवल क्विकज़ोट पास पहुंच सकते थे, बल्कि उसे वापस गांव भी ला सकते थे।

दरअसल सराय में एक डोरोथिया नाम की औरत ठहरी हुई थी। फ़ादर और नाई ने उसको सारी बात बताकर उससे मदद की प्रार्थना की। वह ख़ुशी से तैयार हो गई। सैन्को से उस औरत को मिलाते हुए फ़ादर ने कहा, "यह एक बहुत बड़े देश की राजकुमारी है। इसके राज को राक्षस ले उड़े हैं। इसने तुम्हारे बहादुर मालिक की बहुत चर्चा सुनी है। यह चाहती है कि तुम्हारे मालिक इसे अपना राज फिर से दिलाने में मदद करें।"

सैन्को को राजकुमारी की इस बुरी हालत पर दया आ गई। वह फ़ौरन इस शर्त पर उसकी मदद के लिए तैयार हो गया कि डान क्विकज़ोट के पूछने पर सब यही कहेंगे कि मैंने उसकी चिट्ठी राजकुमारी डेलसीनिया को पहुंचा दी है।

सबने उसकी बात मान ली। सभी जंगल में डान क्विकज़ोट के तपस्या-स्थल पर जा पहुंचे। डोरोथिया ने डान के सामने उससे मदद की गुहार लगाई और बड़ी ख़ुशामद के साथ कहा, "सरकार, मैं तब तक आपके क़दमों में ही पड़ी रहूंगी, जब तक कि आप उस नीच राक्षस से युद्ध करने और उससे मेरा राजपाट वापस दिलाने का वायदा नहीं करेंगे।"

डान क्विकज़ोट को किसी के साथ भी अन्याय बर्दाश्त नहीं था। खासकर वह एक औरत की आंखों में आंसू देख ही नहीं सकता था। वह फ़ौरन उसकी मदद के लिए तैयार हो गया। उसने सैन्को को आदेश दिया कि युद्ध की तैयारियां की जाएं। अबकी बार एक बहुत बड़े जादूगर राक्षस को सबक सिखाना है। हथियार तैयार किए जाएं और घोड़े टोजीनान्ट की लगाम कसी जाए।

तभी क्विकज़ोट की नज़र फ़ादर पर पड़ी। उन्हें देखकर उसने हैरत से पूछा, "फ़ादर, आप यहां कैसे ?"

फ़ादर ने कहा, "सरकार, मुझे भी कुछ लुटेरों ने लूट लिया है। मैं भी आपसे मदद मांगने आया हूं।" क्विकज़ोट ने फ़ादर को भी तसल्ली दे दी।

सैन्को इस नए युद्ध की तैयारियां कर चुका था। जल्दी ही क़ाफ़िला पहाड़ियों की ढलान पर पहुंच गया। डान क्विकजोट राजकुमारी डोरोथिया को धीरज बंधा रहा था, "चिन्ता मत करो। जल्द ही वह नीच राक्षस मुंह की खाएगा और तुम्हारा राजपाट लौटाएगा।"

देखते-ही-देखते रात और दिन बीते। डान क्विकज़ोट राजकुमारी डोरोथिया की मेहरबानी से उसी सराय में आ जमा, जहां से फ़ादर और नाई ने अपनी इस योजना की शुरुआत की थी। यह उनकी सफलता का पहला क़दम था। अभी भी बहुत काम बाक़ी था।

सराय में क़दम रखते ही क्विकज़ोट को यहां मिले अनुभव

का कड़वा स्वाद याद आ गया, मगर फ़ादर ने सराय वालों को पहले ही सब समझा रखा था। इसलिए जैसे ही डान साहब सराय में दाखिल हुए, सराय वालों ने उन्हें इस तरह से झुककर सलाम किया, जैसे किसी बादशाह का अभिनन्दन कर रहे हों। क्विकज़ोट को उनकी यह अदा बड़ी पसन्द आई और उसने कुछ इस तरह से हाथ उठाकर जवाब दिया, जैसे वे सब उसकी प्रजा हों।

सराय वालों ने क्विकज़ोट की अच्छी ख़ातिरदारी की और उन्हें खिलाया-पिलाया। थोड़ी ही देर में थके-मांदे डान को गहरी नींद आ गई। बाक़ी लोग भी अपने-अपने कमरों में आराम करने लगे।

अचानक डान क्विकज़ोट के कमरे से चीख़ने-चिल्लाने की आवाज़े आने लगीं। डान कह रहा था, "मैं तुझे छोड़ूंगा नहीं। अरे, तू जाता कहां है? होगा तू कोई बहुत बड़ा राक्षस। मेरा नाम भी डान क्विकज़ोट है। आज मैं तुझे मजा चखा कर ही रहूंगा। चल, निकाल राजकुमारी का राजपाट। नहीं तो यह ले...आज तू बचेगा नहीं। यह ले...ले...और ले... !"

क्विकज़ोट की आवाज़ सुनकर सैन्को भी "बचाओ... ! बचाओ... ! मेरे मालिक को बचाओ! चिल्लाने लगा और सराय वालों को जगाकर कहने लगा, "देखो-देखो, मेरे मालिक पर राक्षसों ने हमला कर दिया है। वह अकेले ही उनसे निबट रहे हैं। चलो-चलो, बचाओ...! बचाओ...! उनकी मदद करो।"

सराय वाले समझ चुके थे कि आज फिर इन बेवक़ूफ़ों ने कोई बखेड़ा खड़ा कर दिया है। उनमें से एक ने कहा, "यह तुम्हारा वहम है कि तुम्हारे मालिक किसी राक्षस से लड़ रहे हैं। जरूर उसने वहां मौजूद सामान को तोड़ डाला है। जब भी वह आता है, कुछ-न-कुछ नौटंकी करके सराय का नुक़सान कर जाता है।"

इस बीच लोग दौड़कर डान के कमरे में पहुंच चुके थे। वह एक कोने में खड़ा हवा में तलवार घुमा रहा था और कह रहा था,

'मार डाला...! मार डाला...!' कमरे में बक्से और घड़े इधर-उधर बिखरे पड़े थे और बहुत सा सामान टूट चुका था। सराय वाले का भारी नुक़सान हो गया था। वह बौखला गया और डान क्विकज़ोट पर टूट पड़ा, मगर फ़ादर ने जैसे-तैसे बीच-बचाव कर डान को पिटने से बचा लिया। उस पर पानी फेंका गया, तब जाकर होश ठिकाने आए। उधर सैन्को पर उसके मालिक की बातों का असर दिखाई दे रहा था। अब तक डान क्विकज़ोट के ख़्यालीपुलाव को नकारने वाला सैन्को कमरे में राक्षत की कटी हुई मुंडी ढूंढ रहा था। हालांकि वहां टूटी चीज़ों के अलावा कुछ न था।

हंगामे के बीच डोरोथिया नाम की वह औरत भी आ चुकी थी। उसे देखकर डान क्विकज़ोट बोला, "जाओ, राजकुमारी, अब तुम आराम से अपना राजकाज संभालो। मैंने उस राक्षस को मार कर तुम्हारा राज्य छीन लिया है।"

नौ

डान क्विकज़ोट की हंगामों-भरी रात ने सराय वाले का दिमाग ख़राब कर दिया था। वह समझ चुका था, क्विकज़ोट और सैन्को पांजा कभी बदल नहीं सकेंगे, मगर फ़ादर के कहने पर उसने दोनों की अच्छी ख़ातिरदारी की थी। उसे क्या पता था कि यह इतना बड़ा

सिर-दर्द हो जाएगा। हारकर अगली सुबह वह फ़ादर से जा भिड़ा "चाहे जो हो, इस बार इन दोनों को मैं नहीं छोड़ंगा। दोनों ने मेरा बहुत नुक़सान किया है। इन्हें मैं तब तक सराय से जाने नहीं दूंगा, जब तक ये मेरे नुक़सान की पाई-पाई नहीं लौटा देंगे।"

फ़ादर जानते थे कि सराय वाला रात के हंगामे को लेकर काफ़ी नाराज है और वह कुछ-न-कुछ जरूर करेगा। उन्होंने उसे धीरज बंधाया और कहा, "घबराओ नहीं, तुम्हारा जो भी नुक़सान हुआ है, उसके पैसे मैं चुका दूंगा।"

मगर सराय वाला अब नहीं चाहता था कि क्विकज़ोट और सैन्को यहां रहें। उसे डर था कि डान फिर कोई-न-कोई बखेड़ा खड़ा कर देगा।

सराय वाले के जाने के बाद फ़ादर और नाई इसी सोच में डूब गए कि अब क्या किया जाए? वे क्विकज़ोट को जितनी जल्दी हो सके, गांव ले जाना चाहते थे। उसे जंगल से सराय तक लाने के बाद डोरोथिया की हिस्सेदारी अब लगभग ख़त्म हो चुकी थी। अचानक फ़ादर के दिमाग में एक पते की बात सूझी और वह फ़ौरन उस काम में जुट गए।

उन्होंने नाई की सहायता से एक बड़े पिंजरे और उसे खींचने वाली गाड़ी का इन्तज़ाम किया, फिर दोनों ने अपना वेश बदल लिया। इसके बाद वे डान क्विकज़ोट के कमरे में पहुंचे। वह उस 'समय रात की थकान के बाद जोर-जोर से खर्राटे भर रहा था।

दोनों ने क्विकज़ोट को जगाए बिना जल्दी से उसके हाथ-पैर बांध दिए। इसी बीच उसकी नींद खुल गई। अपने-आपको उसने दो अजनबी लोगों के हाथों में देखा, तो घबरा गया। उसे लगा, जरूर ये रात वाले राक्षस या जादूगर हैं। उसने हाथ-पैर चलाने की कोशिश की, मगर ऐसा न कर सका। वह जोर से चिल्लाना

चाहता था, फिर उसने सोचा, वह एक बहादुर सम्राट है, अगर चिल्लाएगा, तो लोग उसे डरपोक कहेंगे।

इधर फ़ादर और नाई उसे सराय के बाहर खड़ी पिंजरे वाली गाड़ी की ओर लेकर चल दिए। तभी क्विकज़ोट को वही सराय वाला दिखाई दिया, जो बहुत ख़ुश था। उसी ने सैन्को तक ख़बर पहुंचाई थी कि तुम्हारे मालिक का बोरिया-बिस्तर तो बंध गया। अब तुम भी यहां से नौ-दो-ग्यारह हो जाओ, मगर इस हादसे से - अनजान क्विकज़ोट सराय वाले को दिखते ही बोला, "सम्राट, मेरी जिस तरह से आपने ख़ातिरदारी की, उसके लिए मैं आपका जितना शुक्रिया अदा करूं, कम है। मैं तो आपको इनाम देना चाहता था, पर क्या करूं? अभी कुछ जादूगरों के वश में हूं, लेकिन जल्द ही आज़ाद होकर मैं आपके इस अहसान का बदला चुकाना चाहूंगा।"

उसी समय पिंजरा भी सामने आ गया और क्विकज़ोट को उसके हाथ-पैरों की रस्सियां खोलकर उसमें डाल दिया गया। इसी बीच क्विकज़ोट जोर से चिल्ला ही दिया, "यह क्या हो रहा है, कौन हो तुम सब लोग?...और मुझे इस तरह पिंजरे में डालकर कहां ले जा रहे हो?"

' नाई ने आवाज को थोड़ी मोटी बनाकर कहा, "सरकार, आप फ़िक्र न करें। बस, चुपचाप इस शाही गाड़ी में बैठे रहें। दरअसल आपको टोबोसो ले जाया जा रहा है।"

टोबोसो शहर का नाम सुनते ही डान क्विकज़ोट में जैसे नई जान आ गई। उसने हैरत से पूछा, "टोबोसो...! भला किसलिए? जल्दी बताओ, आख़िर किसलिए?"

' नाई ने जवाब दिया, "हुज़ूर, हमें आपको वहां की राजकुमारी डेलसीनिया के पास ले जाने का हुक्म मिला है?"

क्विकज़ोट की बेचैनी अब ऊंचाई पर थी। वह हड़बड़ाकर बोला, "राजकुमारी डेलसीनिया के पास!...मगर क्यों?"

नाई ने हंसी दबाते हुए कहा, “हुज़ूर, वह आपसे शादी करना चाहती हैं। इसलिए हम आपको उनके पास, उन्हीं के नगर टोबोसो लेजा रहे हैं।”

सैन्को अपने मालिक की इस हालत को देखकर सकते में था। वह भी धीरे-धीरे गांव की तरफ़ बढ़ती इस पिंजरा-गाड़ी के साथ चल रहा था। उधर डान क्विकज़ोट कुछ ज़्यादा ही जोश और उमंग के साथ सलाख़ों को पकड़कर खड़ा था। रास्ते में मिलने वाले लोग पिंजरे में खड़े इस इंसान को आश्चर्य से देख रहे थे। वे तरह-तरह की बातें कर रहे थे। किसी के लिए पिंजरे का यह आदमी राजा का अपराधी था, तो किसी के लिए एक पागल।

आखिर एक व्यक्ति ने डान को ले जा रहे साथियों से पूछ ही लिया, “यह भलामानस कौन है? इसे आप लोग इस तरह कहां ले जा रहे हो?”

इससे पहले कि फ़ादर या नाई कोई जवाब देते, डान ख़ुद ही बोल पड़ा, “अरे, मुझ जैसे वीर योद्धा के बारे में जानकर क्या करोगे? मेरी बातें उन्हीं को समझ में आ सकती हैं, जो ख़ुद जांबाज और बहादुर हों, अन्याय और अत्याचार के ख़िलाफ़ लड़ने की तमन्ना रखते हों और बड़े वीर योद्धा हों। नहीं तो हम जैसे महान लोगों की बातें तुम्हारे किस काम की?”

मगर सैन्को यहां भी अपने मालिक का बराबर वफ़ादार बना हुआ था। वह राहगीरों की पूछताछ का समाधान कर रहा थां और बता रहा था कि उसके मालिक कितने महान और साहसी सम्राट हैं। उनकी बहादुरी और जीत की वजह से विशाल राजकाज मिलने ही वाला था कि बीच में फ़ादर और नाई आ टपके। दोनों मेरे मालिक से कूढ़ते हैं, जलते हैं और जबरदस्ती उन्हें गांव लेकर जा रहे हैं।”

जैसे-तैसे इस शाही सवारी को हफ़्ता-भर बीता और गांव आ गया। गांव में डान की इस शाही गाड़ी के आते ही हलचल मच गई। सारा गांव इस गाड़ी के साथ ही चल पड़ा। सब हैरत से क्विकज़ोट को देख रहे थे। वह अभी भी टोबोसो के गुनताड़े भिड़ाने में उलझा था। यहां उसे कुछ पहचाने हुए चेहरे दिखाई देने लगे। वह सोच ही रहा था कि इस अजनबी शहर में यह अपने लोग क्यों नजर आ रहे हैं, तभी उसकी भतीजी सामने आ खड़ी हुई। पिंजरा खोल दिया गया। तब जाकर डान की समझ में आया कि वह सचमुच में कहां आ गया है! गाड़ी से उतरते ही उसे लगा कि जादू का जाल टूट गया है और वह सही-सलामत अपने घर में है। उसने अपनों की उस भीड़ को तरह-तरह से धन्यवाद दिया और फिर घर के अन्दर चला गया।

उधर सैन्को की पत्नी भी वहां आ पहुंची । वह पति को पाकर बहुत ख़ुश थी। उसने कहा, "सम्राट के साथ आप दुनिया को जीतने की यात्रा पर गए थे। वहां से लौटकर मेरे और अपने बच्चों के लिए क्या लाए?"

सकपकाया सैन्को बोला, "अभी तो फ़ादर और इस नाई के बच्चे ने हमारा सारा खेल बिगाड़ दिया, वरना मालिक को जल्दी ही राजा का सिंहासन मिलने वाला था, मगर कोई बात नहीं। हम फिर दुनिया को जीतने निकलेंगे। तब मालिक मुझे जीते हुए राज में से कुछ इलाका दे देंगे और मैं भी कोई बड़ा हाकिम या सूबेदार वगैरह बन जाऊंगा, फिर देखना, मैं तुम्हारे लिए क्या-क्या लाता हूं। उस समय हमारे क़दमों में कई नौकर-चाकर भी होंगे, जो हमारी ख़ूब सेवा करेंगे।"

इतने सारे बहादुरी के कारनामों और जादूगरों, राक्षसों वगैरह से लड़ने के बाद सरकार डान क्विकज़ोट सचमुच बेहद थक गया

था। रही-सही कसर पिंजरा-गाड़ी ने पूरी कर दी थी। नतीजा यह हुआ कि डान साहब अन्दर जाते ही धम से बिस्तर पर गिरे और बेहोशी की नींद में सो गए। इस बीच फ़ादर और नाई डान की भतीजी के पास पहुंचे और उसे बताया कि कितनी मुश्किल से जनाब क्विकज़ोट उनके हाथ लगे हैं। उन्होंने कहा, "तुम्हारे चाचा पर फिर सम्राट बनने का भूत सवार न हो, इस बात का ख्याल रखना बहुत जरूरी है। उन्हें ऐसी हर एक बात से दूर रखना होगा, जो उनकी सनक को हवा देती हो।" फ़ादर ने वायदा किया कि वह भी डान पर पूरी नज़र रखेंगे, ताकि अब इस घर, इस गांव या इस इलाके से कहीं जा न पाए।

दस

शाही सवारी में घर आया डान क्विकज़ोट काफ़ी दिनों तक ख़ामोशी से अपना वक़्त काटता रहा और आराम करता रहा। उसका चुप रहना यह प्रकट करने के लिए काफ़ी था कि वह बदल गया है। घर में भतीजी और नौकरानी ख़ुश थे। बाहर गांव वालों के साथ फ़ादर, नाई वगैरह को भी यही ख़बर मिल रही थी कि फ़िलहाल खतरे की कोई बात नहीं है और इस बार डान क्विकज़ोट सचमुच बहुत बदल गया है।

लेकिन यह तो सिर्फ़ ऊपरी दिखावा था। अन्दर तो वही बहादुरी और जांबाजी तथा दुनिया के दुख दूर करने और उसे अत्याचारों से आज़ाद करने की ज़बरदस्त खिचड़ी पक रही थी। अबकी बार सन्नाटे में छिपे इस तूफ़ान को क्विक्ज़ोट का एक नया दोस्त सैम्सन हवा दे रहा था। सैम्सन हमेशा मस्त रहने वाला गांव का एक बेफ़िक्र नौजवान था और क्विकज़ोट की सिरफिरी सनक से अच्छी तरह परिचित था। वह जब भी क्विकज़ोट से मिलता, उसकी तारीफ़ों के पुल बांध देता। उसे इस बात का भरपूर भरोसा दिलाता कि दुनिया में उससे बढ़कर कोई बहादुर नहीं है। एक दिन उसने क्विकज़ोट से कहा, "सम्राट, आपकी बहादुरी की चर्चा केवल हमारे गांव और शहर तक सीमित नहीं है, बल्कि पूरे स्पेन में आपके महान कारनामों की चर्चा हो रही है। सभी कहते हैं कि आपसे बढ़कर दुनिया में कोई दूसरा वीर नहीं है।"

आख़िर सैम्सन की बातों ने क्विकज़ोट पर अपना जादुई असर दिखाया। वह एक बार फिर दुनिया को अत्याचारियों से बचाने, उनसे लोहा लेने और लोगों की भलाई के लिए घर से निकलने के बारे में गहराई से सोचने लगा। उसने सैन्को को बुला भेजा और कहा, "अब सारी दुनिया में हमारी बहादुरी के चर्चे हो रहे हैं। यही वक़्त है, जब हमें अपने आख़िरी युद्ध पर निकल पड़ना चाहिए। जाओ, तुम चुपचाप चलने की तैयारियों में जुट जाओ।"

हुक्म मिलते ही सैन्को युद्ध की तैयारियां करने लगा । बीच-बीच में सैम्सन से मिलने चला जाता। सैम्सन ने उसे भी नए जोश और उत्साह से भर दिया। अब वह दुगनी तेज़ी से हथियारों और दूसरे साज़ो-सामान की तैयारियों में जुट गया।

इस बीच एक दिन फ़ादर और नाई क्विकज़ोट का हालचाल जानने उसके घर पहुंचे। शुरू में तो क्विकज़ोट आपसी मेल-मुलाक़ात

की सामान्य बातें करता रहा, लेकिन थोड़ी ही देर में वह बहादुरी से भरे युद्धों की बातें करने लगा। फ़ादर को समझते देर न लगी कि डान क्विकज़ोट के दिमाग में क्या चल रहा है। क्विकज़ोट से मिलने के बाद फ़ादर ने उसकी भतीजी से मुलाक़ात की और उसे होशियार रहने के लिए कहा। लौटते वक़्त फ़ादर ने नाई से कहा, "मुझे लगता है कि क्विकज़ोट अब फिर जल्दी ही घर से गायब होने वाला है। उसमें ज़रा भी बदलाव नहीं आया है और वह पहले की तरह ही सोच रहा है।"

क्विकज़ोट और सैन्को की मुलाक़ातें बढ़ने लगीं। दोनों देर तक गुपचुप बातें करते रहते। इससे भतीजी का शक पक्का हो गया कि दोनों जल्द ही निकलने की योजना बना रहे हैं। भतीजी ने यह बात सैम्सन को बताई। उसने भतीजी को चिन्ता न करने के लिए कहा। उसने भरोसा दिलाया कि वह क्विकज़ोट को समझाएगा और उसे कहीं भी जाने नहीं देगा। भतीजी ने सैम्सन की बातों पर भरोसा कर राहत की सांस ली। उसे नहीं मालूम था कि यह सब किया-कराया सैम्सन का ही है।.

सैम्सन ने क्विकज़ोट को समझाने की जगह उसे और भड़काने का सिलसिला जारी रखा। वह पहले से भी ज़्यादा क्विकज़ोट के जबरदस्त सम्राट होने की बातें कर तारीफ़ों के पुल बांधने लगा। एक दिन उसने क्विकज़ोट को सलाह दी, "मेरे ख्याल से अब आपको जल्द ही सरगोसा जाना चाहिए। वहां सेंट जार्ज का शानदार सम्मान समारोह होने जा रहा है। इस समारोह में दूर देशों से ढेरों बड़ी-बड़ी हस्तियां आएंगी, जिनमें कई सम्राट और योद्धा शामिल होंगे। उन सबके बीच अपनी बहादुरी दिखाने का एक शानदार मौक़ा है। मुझे पक्का भरोसा है कि आप वहां मौजूद सम्राटों को हराकर सम्राटों के सम्राट कहलाएंगे।"

सैम्सन की इस सलाह ने क्विकज़ोट को तुरन्त सरगोसा निकल जाने के लिए बेचैन कर दिया। गुपचुप घर से निकलने वाले क्विकज़ोट ने जोश में आकर बाक़ायदा मोर्चे पर जाने की घोषणा कर डाली। सैम्सन ने पहले उसे एक पुराना मुकुट लाकर भेंट किया, जिसे पहनकर क्विकज़ोट फूला नहीं समाया और सबके लाख मना करने पर भी वह सैन्को पांजा के साथ अपनी विजय-यात्रा पर निकल पड़ा। सैम्सन उसे बाक़ायदा गांव की सीमा तक छोड़ने गया।

ग्यारह

गांव की सीमा से कुछ दूर निकलने के बाद क्विकज़ोट को अचानक राजकुमारी डेलसीनिया की याद सताने लगी। उसने सोचा सरगोसा जाने से पहले क्यों न डेलसीनिया से मिलने के लिए टोबोसो शहर जाया जाए। उसने सैन्को से यह बात कही। सैन्को मालिक की बात सुनकर घबरा गया। उसे याद आया कि एक बार सम्राट क्विकज़ोट ने उसे डेलसीनिया को चिट्ठी पहुंचाने के लिए दी थी, जो उसने कभी नहीं पहुंचाई। उसे इस राज़ के खुल जाने का डर सताने लगा।

वह बिल्कुल नहीं चाहता था कि सरगोसा की जगह टोबोसो की यात्रा की जाए, मगर ऐसा चाहकर भी अपने मालिक को मना

न कर सका और भारी मन से टोबोसो चल दिया। दोनों लगातार दो दिन तक चलने के बाद टोबोसो के क़रीब पहुंच गए। डान क्विकज़ोट ने योजना बनाई कि शहर में रात के वक़्त ही प्रवेश करेंगे, सो दिन में शहर के बाहर जंगल में एक पेड़ के नीचे दोनों जने आराम करते रहे।

रात होने पर वे शहर की ओर चल दिए। डान क्विकजोट ने सैन्को से राजकुमारी के महल की ओर ले चलने के लिए कहा। सैन्को न तो कभी टोबोसो आया था, न ही उसने राजकुमारी के महल को ही देखा था, फिर वह डान को राजकुमारी का महल कैसे दिखाता! वह रात-भर शहर की बड़ी-बड़ी नज़र आने वाली इमारतों के आसपास घूमता रहा और डान क्विकज़ोट से कहता रहा कि वह रास्ता भूल गया है।

दोनों चार-पांच घंटे तक यहां-बहां घूमते रहे, लेकिन राजकुमारी का महल दिखाई नहीं दिया। जब क्विकज़ोट काफ़ी परेशान और निराश हो गया, तो सैन्को ने उसे झूठे ही कहा, "सवेरा होने को है। मेरे ख्याल में अब आपको फ़ौरन शहर से बाहर चले जाना चाहिए, क्योंकि फ़ालतू में सड़कों पर घूमना आप जैसे सूरमा की शान के ख़िलाफ़ होगा। मैं ही कुछ देर और ठहरकर शहर में डेलसीनिया के महल की तलाश करता हूं। अगर वह मिल गया, तो मैं राजकुमारी को आपके आने का सन्देश दे दूंगा।"

डान क्विकज़ोट को सैन्को की बात सही मालूम हुई। वह फ़ौरन शहर से बाहर जाने के लिए चल पड़ा। सैन्को मालिक को दूर तक जाते देखता रहा और फिर वह भी एक पेड़ के नीचे बैठकर आराम करते हुए आगे की योजना बनाने लगा।

अगले दिन तक सैन्को उस पेड़ के नीचे मस्ती से आराम करता रहा और पड़े-पड़े सोचता रहा कि आख़िर ऐसा क्या करे जिससे

राजकुमारी डेलसीनिया का संकट टले। वह जानता था कि डान क्विकज़ोट राजकुमारी डेलसीनिया से मिलने की ठान चुका है और यह पक्का है कि वह उससे मिले बग़ैर यहां से नहीं जाएगा, लेकिन कल्पना की राजकुमारी को वह कहां से लाता?

सैन्को के दिमाग़ में आखिर एक बात सूझी। क्यों न मालिक को किसी भी लड़की से मिला दिया जाए, यह कहकर कि यही आपकी राजकुमारी डेलसीनिया है? वैसे भी मालिक के सनकी दिमाग में हर चीज़ कुछ अलग तरह की दिखाई पड़ती है। हो सकता है किसी देहातन को ही वह अपनी राजकुमारी मान लें। दिन-भर ऐसे ही ख़्यालों में गुम सैन्को शाम को मालिक के पास जाने के लिए शहर से बाहर के रास्ते की ओर चल पड़ा।

उधर क्विकज़ोट सोच रहा था कि हो-न-हो मेरा नौकर सैन्को राजकुमारी डेलसीनिया से जरूर मिल लिया होगा और मेरा सन्देश दे चुका होगा। दूसरी तरफ़ वह यह सोचकर भी निराश हो रहा था कि अगर ऐसा न हुआ, तो वह क्या करेगा?

इधर रास्ते में सैन्को को गांव की तीन लड़कियां दिख गई। वे शहर के बाहर के रास्ते पर अपने ख़च्चरों पर जा रही थीं। उन्हें देखकर सैन्को की बांछें खिल गईं। वह तेजी से अपना ख़च्चर दौड़ाते हुए लड़कियों से आगे निकल गया और फिर अपने मालिक के पास पहुंचकर बोला, "हुजूर, जल्दी चलिए, सामने के रास्ते पर। आपसे मिलने ख़ुद टोबोसो की राजकुमारी डेलसीनिया आ रही हैं। उन्हें जैसे ही ख़बर मिली कि आप यहां आए हुए हैं, वह ख़ुद ही आपसे मिलने के लिए अपनी दासियों के साथ निकल पड़ी हैं और तुरन्त यहां पहुंच रही हैं।"

सैन्को की बातों पर डान को भरोसा तो नहीं था, लेकिन वह फिर भी उसकी ज़िद को देखते हुए आगे आकर सामने ख़च्चरों

पर आती लड़कियों को देखने लगा। सैन्को बोला, "देंखा, हुजूर वह रही राजकुमारी डेलसीनिया। सबसे सुन्दर, सुनहरी पोशाक पहने हीरे-जवाहरात के गहनों से सजी। वाह! उसकी दासियां भी कितनी सुन्दर हैं !"

डान ने यह तो देखा कि तीन लड़कियां सामने से आ रही हैं, मगर उन्हें देखकर ऐसा नहीं लगा कि ख़ुद राजकुमारी अपनी दासियों के साथ आ रही है। उसने सैन्को से कहा, "क्या वाक़ई राजकुमारी आ रही है? मुझे तो ये गांव की लड़कियां दिखाई दे रही हैं।"

सैन्को ने ज़ोर देकर कहा, "हुजूर, जरा गौर से देखिए । देखिए, वह सामने राजकुमारी नहीं तो और कौन है? राजकुमारी डेलसीनिया. "दुनिया की सबसे सुन्दर राजकुमारी...आपसे मिलने ख़ुद चली आ रही है... !"

यह कहते हुए सैन्को ने पास आई लड़कियों में से बीच वाली लड़की के ख़च्चर की लगाम थाम ली और कहने लगा, "यह रहे मेरे सम्राट डान क्विकज़ोट , जो दुनिया की बड़ी लड़ाइयां जीत चुके हैं, जिनकी बहादुरी और जांबाजी के क़िस्से आज पूरे स्पेन में फैल गए हैं। वह आपसे ख़ुद मिलना चाहते हैं। आपके बड़े दीवाने हैं और मैं हूं इनका मामूली सेवक सैन्को पांजा।"

अजनबी सैन्को की इस जबरदस्ती से तीनों देहाती लड़कियां घबरा गईं। उन्हें कुछ समझ नहीं आया कि उसकी इन बातों का मतलब क्या है? इसी बीच क्विकज़ोट भी उनके सामने आकर घुटनों के बल बैठ चुका था और सोच रहा था कि शाही ठाट-बाट वाली एक औरत को गांव की लड़की का यह रूप किसने दिया? तभी बीच वाली लड़की ने कहा, "तुम लोग कौन हो और हमारा रास्ता रोककर क्यों खड़े हो? चलो, दूर हटो,...और हमें जाने दो!"

सैन्को ने कहा, "राजकुमारी, ऐसा ग़ज़ब मत करो! सचमुच यह दुनिया के सबसे बड़े सम्राट हैं। कई देशों को जीत चुके हैं। . इनके कदमों में दुनिया झुकती है। वह ख़ुद आपके क़दमों में झुके हुए हैं और फिर भी आप इस तरह हमारे सम्राट का अपमान कर रही हैं।"

सैन्को की अजीब बातें सुनकर दूसरी लड़की ने नाराज होकर कहा, "हटो, हटो,...हमें जाने दो। हमें गांव की समझकर बुद्धू मत बनाओ। हमारा रास्ता छोड़ दो।"

लड़की की बात सुनकर घुटनों के बल बैठा डान क्विकज़ोट उठ खड़ा हुआ और सैन्को से बोला, "रहने दो, शायद मेरी क़िस्मत ही ख़राब है। इस सुन्दरी को पाने के लिए मुझे फिर से तपस्या करनी पड़ेगी," फिर वह उस राजकुमारी की ओर देखकर बोला, "सुन्दरी, लगता है, तुम पर भी मेरे किसी शत्रु ने जादू कर दिया है, वरना तुम मुझे पहचानने से इनकार न करतीं। सच कहूं, तो मेरे दुश्मन नहीं चाहते कि मेरी एक भी इच्छा पूरी हो और तुम मुझे हमेशा के लिए मिल जाओ।"

लेकिन तीनों ही लड़कियों को सैन्को और इस अजीब सम्राट की बातें पागलपन से ज़्यादा कुछ न लगीं। बीच वाली लड़की ने कहा, "तुम क्या हो, हमें यह सब नहीं सुनना। बस, हमारा रास्ता तुरन्त छोड़ दो और हमें यहां से जाने दो।"

लड़की के इतना कहते हो सैन्को ने उसके ख़च्चर की लगाम छोड़ दी और लड़कियां सिरफिरे अजनबियों से पिंड छुड़ाकर तेज़ी से आगे बढ़ गईं। उनके जाते ही क्विकज़ोट बोला, "बड़ी हैरानी की बात है कि डेलसीनिया ने मुझे नहीं पहचाना। यह सब मेरे दुश्मनों का किया-धरा है, वरना ऐसा नहीं हो सकता कि डेलसीनिया मुझे न पहचाने।"

क्विकज़ोट भारी मन से टोबोसो की यादें पीछे छोड़कर सरगोसा की ओर चल पड़ा। वह बहुत दुःखी था, मगर सैन्को बहुत ख़ुश था। वह मन-ही-मन हंस रहा था। बीच-बीच में अपने मालिक के दुःख पर अफ़सोस जताते, धीरज बंधाते साथ-साथ चल रहा था।

बारह

क्विकज़ोट के गांव में एक बार फिर उसके चले जाने का हंगामा खड़ा हो गया। भतीजी और नौकरानी परेशान थीं और उन्हें डर सता रहा था कि क्विकज़ोट की सनक का कहीं उसे कोई दुःख देने वाला नतीजा न भुगतना पड़े।

भतीजी ने फ़ादर को बुलाकर अपनी बात कही। फ़ादर बोले, "मैंने पहले ही कहा था, डान का दिमाग़ बदला नहीं है और वह पहले की तरह फिर कभी भी घर छोड़कर निकल सकता है, लेकिन मेरी बात को अनसुना किया गया।"

भतीजी ने बताया, "जाते वक़्त चाचा बहुत जोश में थे और उन्हें रोकना बड़ा मुश्किल था, बल्कि वह तो ऐलान करके यहां से निकले थे। सैम्सन उन्हें खुद गांव के बाहर तक छोड़कर आया था।"

फ़ादर ने सैम्सन को बुला भेजा। सैम्सन के आने के बाद उन्होंने अन्दाजा लगाने की कोशिश की कि क्विकज़ोट और सैन्को कहां गए होंगे। सैम्सन जानता था कि क्विकज़ोट को उसने कहां भेजा है, मगर वह यह भी जानता था कि वह रास्ते में कभी भी फ़ैसला बदल सकता है। उसे याद आया कि विदा करते वक़्त उसने क्विकज़ोट को सरगोसा शहर की तरफ़ जाने के बदले टोबोसो शहर वाले रास्ते की ओर जाते देखा था।

क्विकज़ोट की हर बात से परिचित सैम्सन को उसकी सपनों की राजकुमारी डेलसीनिया वाली सनक भी याद आई। उसने फ़ादर से कहा, "हो सकता है, क्विकज़ोट अभी टोबोसो शहर में हो या वहां से लौट रहा हो।"

फ़ादर ने सैम्सन से कहा, "वह जहां भी हो, तुम उसकी हर बात को अच्छी तरह समझते हो, अब तुम्हें ही उसे वापस घर लाने के बारे में कुछ सोचना होगा और फ़ौरन कोई फ़ैसला करना होगा।"

आखिर सैम्सन डान क्विकज़ोट को वापस लाने के लिए तैयार हो गया।

उधर एक रात और एक दिन के लम्बे सफ़र के बाद डान क्विकज़ोट और सैन्को एक सराय में पहुंचे। थके-मांदे दोनों ने रात यहीं गुज़ारने का फ़ैसला किया। थोड़ी देर बाद उन्हें एक आदमी की दुःख-भरी आवाज सुनाई दी। डान को उसकी आवाज में बेहद दर्द महसूस हुआ। वह उसके पास जाकर उसकी आवाज को गौर से सुनने लगा। यह एक दर्द-भरा गीत था, जिसके बोलों में बड़ा खिंचाव था। गाने वाला यह आदमी भी कोई सम्राट नज़र आ रहा था और उसके साथ भी सैन्को जैसा एक नौकर था। डान ने इस नए सम्राट से दोस्ती कर ली और वह उसके साथ बैठकर बातें करने लगा। दोनों सम्राटों के नौकर भी जल्द ही दोस्त बन गए

और दोनों खाते-पीते बातें करते-करते सो गए।

मगर सम्राटों की बातें अभी ख़त्म नहीं हुई थीं। बातें ऐसी थीं कि जिन्हें सुनकर न चाहते हुए भी क्विकज़ोट की नींद उड़ गई थी। नया सम्राट उससे कह रहा था, "मैं केसील्डिया नाम की एक ऐसी राजकुमारी को चाहता हूं, जो दुनिया में सबसे सुन्दर है और मैं यह बात स्वीकार भी करता हूं, मगर वह चाहती है कि मैं सारे स्पेन में यह बात हर आदमी से स्वीकार करवाऊं कि वही सबसे सुन्दर है। मैंने उसकी इस बात को मनवाने के लिए स्पेन के कई बड़े-बड़े योद्धाओं से लड़ाई की है और उन्हें हराकर अपनी बात स्वीकार करवाई है। यहां तक कि स्पेन के सबसे बड़े बहादुर नायक क्विकज़ोट को हराकर भी मैं यह बात स्वीकार करवा चुका हूं कि केसील्डिया ही दुनिया की सबसे सुन्दर राजकुमारी है।"

यह बात सुनते ही डान का सिर घूम गया। वह अन्दर-ही-अन्दर आग-बबूला हो चुका था, मगर फिर भी ख़ुद पर संयम रखते हुए बोला, "मैं किसी और वीर की बात भले ही मान सकता हूं, मगर मैं यह बिल्कुल नहीं मान सकता कि तुमने डान क्विकज़ोट को हराकर अपनी बात स्वीकार करवा ली है। वह डान जैसा कोई हो सकता है, पर डान क्विकज़ोट बिल्कुल भी नहीं।"

दूसरा सम्राट इस बात पर अड़ गया। कहने लगा, "अरे, वह डान क्विकज़ोट ही था। मैं उसे ख़ूब अच्छी तरह पहचानता हूं। वह लम्बे चेहरे वाला, दुबला-पतला आदमी है और जिस राजकुमारी को चाहता है, उसका नाम डेलसीनिया बताता है। उसके साथ अकसर एक मूर्ख नौकर सैन्को पांजा भी रहता है। अगर इतनी बातों पर भी तुम्हें मेरा भरोसा नहीं, तो आओ, मैं तुमसे भी लड़कर अपनी बात मनवाने के लिए तैयार हूं।"

गुस्से से पागल हो उठा डान क्विकज़ोट चिल्लाया, "बेवक़ूफ़ आदमी, तुम वीरों के वीर, सम्राटों के सम्राट डान क्विकज़ोट को सचमुच नहीं जानते, क्योंकि वह तुम्हारे सामने खड़ा है। तुमने मुझसे नहीं, मेरे किसी दुश्मन के भेजे जादुई रूप से लड़ाई की है और सोच रहे हो कि तुमने डान को ही लड़ाई में हराया है, मगर अब तुम मुझसे मुक़ाबला करने के लिए तैयार हो जाओ! हिम्मत हो तो आ जाओ सामने!"

वह नया सम्राट भी अकड़कर बोला, "हां-हां, तुम्हारे साथ मुक़ाबले से कौन डरता है! अगर मैंने तुम्हारे जादुई रूप को हराया है, तो तुम्हारे असली रूप से भी लड़ने के लिए मैं तैयार हूं, मगर अभी नहीं, सुबह उजाला होने पर बहादुरों की तरह आमने-सामने, न कि अभी अंधेरे में चोर-डाकुओं की तरह, मगर जो भी हारेगा, उसे जीतने वाले की शर्त माननी होगी।"

डान को नए सम्राट की इस बात में कोई बुराई नहीं लगी। उसने हां कहते हुए सुबह मुक़ाबला किए जाने की बात मंजूर कर ली। सुबह होते ही दोनों वीर सज-धज कर युद्ध के लिए तैयार थे। उधर दोनों के नौकर आपस में लड़ने के बजाए मालिक वीरों के युद्ध को देखने पर राजी हो चुके थे। नए सम्राट ने अपना चेहरा छिपा रखा था, जो डान को बड़ी अजीब बात लग रही थी। डान ने नए सम्राट को अपना चेहरा दिखाने के लिए कहा, जो उसने यह कहते हुए नामंज़ूर कर दिया कि वह अपना चेहरा हार-जीत तय हो जाने के बाद ही दिखाएगा। सम्राटों ने घोड़ों पर एड़ लगाई और वे मैदान में अपनी टापों से धूल उड़ाने लगे। दोनों एक-दूसरे पर हमला करने के लिए आगे बढ़े, मगर डान क्विकज़ोट ने बड़ी फुर्ती से नए सम्राट पर भाले से वार कर उसे घोड़े से नीचे गिरा दिया। घोड़े से गिरा सम्राट बेहोश हो गया। अब डान क्विकजोट

उसके पास पहुंचा। घोड़े से उतरकर उसने सबसे पहले उस सम्राट का चेहरा देखा और देखते ही चौंक पड़ा। वह तो उसका ही दोस्त सैम्सन था, जो उसकी तारीफ़ों के ढेर सारे पुल बांधा करता था।

सैम्सन डान को गांव वापस ले जाने के लिए ही उसके पास आया था। वह जानता था कि डान गांव चलने के लिए सीधे तैयार नहीं होगा। इसलिए उसने उसे उकसाकर युद्ध करने और उसमें जीतने वाले की बात मानने की शर्त रखी थी। उसे भरोसा था कि वह जीत जाएगा और अपनी बात मनवाकर उसको गांव वापस ले जाएगा, मगर डान क्विकज़ोट के पहले ही वार में वह घायल होकर नीचे गिर पड़ा।

डान ने सैम्सन को देखकर समझा कि यह उसके दुश्मनों की ही जादुई चाल है। सैम्सन के होश में आने पर उसने कहा, "तो तुम्हारी यह हिम्मत कि तुम मुझसे टक्कर ले सको! याद रखो, दुनिया में सबसे सुन्दर औरत केवल टोबोसो की राजकुमारी डेलसीनिया ही है। इस बात को तुम्हें हमेशा के लिए स्वीकार करना होगा। यह भी मानना होगा कि डान क्विकज़ोट ही दुनिया का सबसे बड़ा वीर पुरुष और महान सम्राट है। तुमने पहले भी मुझे नहीं, मेरे जैसे किसी हमशक्ल को हराया था, जैसे कि तुम अभी मुझे मेरे दोस्त सैम्सन की शक्ल में दिख रहे हो, लेकिन हो कोई और।"

अपनी योजना में असफल और घायल होने के बाद सैम्सन के पास डान की सारी बातें मान लेने के अलावा और कोई चारा ही नहीं था। उसने डान से कहा, "तुमने जो कुछ कहा, वह मैंने माना। अब मुझे जाने दो।"

डान ख़ुश हुआ और उसने उसे छोड़ दिया। सैम्सन अपने साथी के साथ वहां से चला गया।

तेरह

एक और जादुई दुश्मन को ख़त्म कर डान क्विकज़ोट अब बड़े जोश में था। वह और सैन्को सराय से अब तक बहुत आगे निकल चुके थे। रास्ते में क्विकज़ोट को नदी किनारे पेड़ से बंधी एक नाव दिखाई दी। उसने सैन्को से कहा, "हो-न हो यह नाव मेरे लिए ही यहां बांधी गई है। लगता है, किसी को आसपास कहीं पकड़कर रखा गया है। अब हमें उसे दूंढकर आज़ाद कराना होगा। तुम फ़ौरन मेरा घोड़ा और अपना खच्चर इस पेड़ से बांध दो। तब तक मैं नाव को खोलकर उसमें बैठने की तैयारी करता हूं।"

सैन्को किसी नई मुसीबत के डर से घबरा गया। उसे लगा कि मालिक बेकार में किसी मछुआरे की नाव को लेकर नदी का चक्कर लगाना चाहते हैं, मगर क्विकज़ोट ने डरपोक सैन्को की एक भी बात नहीं मानी। दोनों अब बिन पतवार की इस नाव में सवार थे, जो पानी के रुख़ के साथ आगे बढ़ रही थी। देखते-देखते दोनों पानी के बहाव से चलने वाली एक पनचक्की के पास पहुंच गए, मगर डान क्विकज़ोट को यह पनचक्की कोई जादुई क़िला मालूम हुई, जिसमें किसी को क़ैद करके रखा गया है। डान ने सैन्को से कहा, "लगता है, हम सही जगह पर पहुंच गए हैं। मुझे यही वह क़िला दिखाई देता है, जिसमें कोई क़ैद है और यह नाव किसी ने मेरे लिए बांधी थी। शायद वह जानता है कि डान जब भी यहां से गुज़रेगा उस क़ैदी को छुड़ा लेगा।"

सैन्को एकदम से बोला, "मालिक, आप फिर गलती पर हैं। यह कोई क़िला नहीं, बल्कि पनचक्की है।"

लेकिन डान क्विकज़ोट की नज़र में यह एक जादुई क़िला ही था। इसलिए उसने सैन्को की बात पर ध्यान नहीं दिया। उनकी नाव पनचक्की की तरफ़ बहुत तेजी से जा रही थी। चक्की वाले की नजर पड़ी, तो वह चिल्लाया, "अरे, उधर जाने से ख़ुद को बचाना ...उस पहिए की तरफ़ मत जाना...वरना जान से मारे जाओगे।"

लेकिन डान उस आदमी को कोई जादूगर दुश्मन समझकर तलवार लहराता हुआ बोला, "तुम जो कोई भी हो, भूत-प्रेत या दानव, मैं तुम्हें छोड़ूंगा नहीं। तुम्हारी भलाई इसी में है कि इस क़िले में तुमने जिस किसी को भी क़ैदी बना रखा है, उसे छोड़ दो। नहीं तो तुम अपनी जान से हाथ धो बैठोगे।"

मगर तभी उनकी नाव पनचक्की के पहिए के एकदम निकट पहुंचने लगी। यह देखकर कुछ लोग उन्हें बचाने दौड़े। आखिर नाव उलट गई। डान और सैन्को नदी की तेज धार में जा गिरे, जिन्हें पनचक्की वाले लोगों ने कूदकर जैसे-तैसे बचा लिया, मगर उनकी नाव पहिए से टकराकर चकनाचूर हो गई।

दोनों को किनारे लाने के बाद चक्की वालों ने डान क्विकज़ोट को बेहद गुस्से से पकड़ लिया। क्विकज़ोट बोला, "तुम्हारा जो भी नुक़सान हुआ है, वह तुम्हें मिल जाएगा, मगर तुम्हारा भला इसी में है कि क़िले में जिन लोगों को तुमने क़ैद कर रखा है, उन्हें इसी वक़्त रिहा कर दो।"

चक्की वालों ने डान को समझाने की कोशिश की कि यह एक चक्की है, क़िला नहीं। यहां कोई क़ैदी नहीं है, मगर डान बोला, "तुम चाहे जो कहो, पर मैं जानता हूं कि तुम लोग जादूगर

हो और सबने मिलकर यहां कुछ लोगों को क़ैद कर रखा है।" डान की इन सिरफिरी बातों ने चक्की वाले लोगों का दिमाग़ पगला दिया और उन सबने मिलकर डान के साथ सैन्को की अच्छी-खासी पिटाई कर दी। डान को लगा कि अब क़ैदियो को आजाद करा पाना मुश्किल है। इसलिए वह जोर-जोर से चिल्लाकर कहने लगा, "तुम जो भी लोग इस क़िले में क़ैद हो, तुम्हें थोड़े दिन और मुसीबत का सामना करना पड़ेगा, मगर घबराना नहीं। मैं जल्द ही तुम सबको छुड़ाने आऊंगा।"

चक्की वाले लोगों ने चिल्लाने पर उनकी और भी धुनाई कर दी। बड़ी मुश्किल से वे वहां से बचते-बचाते अपने घोड़े-खच्चर के पास पहुंचे और फिर आगे की ओर चल दिए।

चौदह

वे सरगोसा शहर की ओर बढ़ने लगे, मगर उन्हें रास्ते में एक आदमी ने बारसीलोना जाने की सलाह दे डाली और वे बारसीलोना की ओर चल दिए। वहां पहुंचकर उन्होंने एक नदी के पास अपना पड़ाव डाला और रहने लगे। एक दिन जब डान और सैन्को नदी के किनारे चहलक़दमी के लिए निकले, तो उन्हें वहां अपने घोड़े पर एक सम्राट घूमता हुआ नज़र आया। इस सम्राट का भेस बता रहा था कि वह कोई ऊंचे घराने का है। तभी वह सम्राट डान

के निकट आकर बोला, "मैं तुम्हें अच्छी तरह से जानता हूं डान क्विकजोट, यह भी कि तुम एक माने हुए सम्राट हो और तुमने बहुत सी लड़ाइयां लड़ी हैं। तुम कहते हो कि टोबोसो की राजकुमारी डेलसीनिया दुनिया में सबसे सुन्दर है और उस जैसी कोई नहीं, मगर मैं ऐसा बिल्कुल भी नहीं मानता। अब तुम चाहो, तो अपनी इस बात के लिए मुझसे लड़ाई कर सकते हो।"

डान को राजकुमारी के बारे में सम्राट की बातें बुरी लगीं। वह फ़ौरन लड़ने के लिए तैयार हो गया, मगर तभी सम्राट ने कहा, "लेकिन याद रहे, जो भी लड़ाई में हारेगा, वह अपने हथियार त्याग देगा और एक साल तक घर में ही रहेगा।"

डान क्विकज़ोट को अपने आप पर भरोसा था कि वह इस नए सम्राट को लड़ाई में हरा देगा। इसलिए लड़ने के लिए तैयार हो गया। दोनों सम्राटों की लड़ाई को देखने के लिए आसपास के लोगों की भीड़ लग गई। रोज़-रोज बेवजह लड़ाइयों से तंग आ चुका सैन्को पांजा भी दूर खड़ा होकर तमाशा देखने लगा।

युद्ध शुरू हुआ। दोनों निशाना साधने के लिए तैयार हो गए। इससे पहले कि डान संभल पाता, नए सम्राट ने एक झटके में निशाना साधकर डान को धूल चटा दी। उसका घोड़ा भी घायल हो गया। अजनबी सम्राट ने डान के सीने पर भाला लगाकर कहा, "बोलो, मेरी शर्त मानने के लिए तैयार हो कि नहीं?"

डान कहने लगा, "लेकिन मैं अब भी यह नहीं मान सकता कि डेलसीनिया संसार की सबसे सुन्दर राजकुमारी नहीं है। मैं ज़िन्दगी-भर इसी बात पर लड़ा हूं और यही मेरे जीवन की कमाई है। अगर आज मैं तुम्हारी बात मान लूंगा, तो मेरे इतने दिनों की इज़्जत मिट्टी में मिल जाएगी। इससे अच्छा है कि तुम मेरे सीने में भाला उतारकर मुझे मार डालो।"

असमंजस में पड़े उस सम्राट ने कहा, "चलो, ठीक है, मैं यह मान लेता हूं कि डेलसीनिया ही दुनिया की सबसे सुन्दर राजकुमारी है, मगर तुम्हें हथियार त्यागकर अपने घर में एक साल तक रहने की बात तो स्वीकार करनी ही पड़ेगी।"

हार में भी अपनी जीत को पाकर डान आख़िर उस सम्राट की बात मान गयां और वह सम्राट के अपने पहनावे को फेंककर गांव की ओर चल पड़ा। अब तक मालिक की सनक से तंग आ चुका सैन्को भी अपने गांव की ओर लौटते हुए काफ़ी खुश था।

क्विकज़ोट को हराने वाला सम्राट कोई और नहीं सैम्सन ख़ुद था। वह दूसरी बार अपने इरादे में कामयाब हो चुका था।

डान क्विकज़ोट और सैन्को पांजा ने जैसे ही गांव की धरती पर क़दम रखा, उनके आने की ख़बर चारों ओर फैल गई। लोग दोनों के आगे-पीछे जमा होने लगे। यह बात जल्द ही डान की भतीजी, नौकरानी, फ़ादर, नाई, सैन्को की पत्नी वगैरह तक जा पहुंची और सभी ने मिलकर उनका दिल से स्वागत किया। सबके प्यार को देखकर दोनों की आंखों में खुशी के आंसू थे।

एक बार फिर डान बेहद थका हुआ था। उसने घर में आते ही बिस्तर पकड़ लिया। धीरे-धीरे डान की सेहत बिगड़ने लगी। वह बीमार रहने लगा। उस पर दवाई का असर भी कम होता गया। उसकी इस हालत पर भतीजी और नौकरानी के आंसू थमते नहीं थे। उससे मिलने वालों का तांता लगने लगा। सैन्को मालिक की तबीयत बिगड़ते देख बहुत दुखी था और दिलो-जान से डान की सेवा कर रहा था।

एक दिन डान क्विकज़ोट लगभग बेहोशी से जागकर बोला, "मुझे आज अपनी मूर्खता का ज्ञान हो गया है। मैं अब तक सपनों की दुनिया में जी रहा था। जांबाज़ी और बहादुरी की किताबें-कहानियां

पढ़कर वैसा ही बनने की कोशिश कर रहा था, मगर इसी भूल में मैंने अपना अनमोल जीवन गंवा दिया। अब मैं अपनी गलतियों को स्वीकार करना चाहता हूं। फ़ादर को बुलाओ। मैं उनसे ये सारी बातें कहूंगा।"

फ़ादर के आने पर डान क्विकज़ोट ने बेहिचक अपने दिल की बातें कह दीं, "मेरा नाम मेरे माता-पिता ने एलेंजो क्विकज़ोट रखा था। मैंने बेकार ही अपना नाम बदला और बहादुर सम्राट बनने की नाकाम कोशिशें करता रहा। मैं जो कुछ था, उसे भूलकर ख़्वाबों की दुनिया में भटकने लगा, लेकिन अब सब मिलकर मेरे लिए दुआ करो, ताकि मैं चैन से मर सकूं।"

फ़ादर के साथ नाई और सैम्सन भी मौजूद थे। सैम्सन ने डान का हौसला बढ़ाने की कोशिश की, लेकिन एलेंजो क्विकज़ोट की आवाज़ मन्द पड़ती जा रही थी। फ़ादर ने क्विकज़ोट की मन की बातें सुनने के बाद उसके लिए प्रभु से प्रार्थना की। डान ने उस वसीयतनामे पर भी दस्तख़त किए, जिसमें उसने अपनी जायदाद भतीजी के नाम की थी और जिसमें नौकरानी के साथ सैन्को का भी उचित हिस्सा था। यह सब कहते-कहते क्विकज़ोट ने सबको अलविदा कहकर आंखें मूंद लीं और फिर उसे कभी भी होश नहीं आया।

●●●